GROSSE UND KLEINE WELT

HONORÉ DE BALZAC

PIERRE GRASSOU

Wer als ernsthafter Betrachter die Kunstausstellungen, die nach der Revolution von 1830 stattfanden, besucht hat, wird sich beim Anschauen der endlosen, ueberhaeuften Galerien kaum eines Gefuehls des Unbehagens und der Langeweile, vielleicht sogar der Trauer haben erwehren koennen. Seit 1830 gibt es keinen "Salon" mehr. Der Louvre ist ein zweites Mal erstuermt worden durch die Kuenstler; und sie haben es verstanden, sich dort zu behaupten. Die Zulassung zum "Salon" bedeutete ehemals fuer den kleinen Kreis, der in Frage kam, bereits eine hohe Auszeichnung, und ueber die bedeutendsten der etwa zweihundert Bilder, die ausgewaehlt worden, entspann sich beim Publikum und bei der Kritik ein leidenschaftlicher Widerstreit der Meinungen. Die Ueberfuelle der Gemaelde, vor die sich heute der Besucher gestellt sieht, erschoepft seine Aufmerksamkeit, und die Ausstellung wird geschlossen, bevor er aus der Menge das wenige Gute ausfindig gemacht hat. Statt eines Ritterspiels haben wir einen Volksjahrmarkt, statt eines kuenstlerischen Ereignisses ein lautes Warenhaus, statt sorgfaeltiger Auslesealles. Was ist die Folge? In der Menge verliert sich das Genie. Der Katalog ist zu einem dicken Buch angewachsen, in dem mancher Name auch dadurch nicht bekannter wird, dass zehn oder zwoelf ausgestellte Bilder dahinter aufgefuehrt sind. Unter allen aber am unbekanntesten ist vielleicht derjenige des Malers Pierre Grassou aus Fougeres, den man in der Kuenstlerwelt einfach Fougeres nennt.

Fougeres wohnte 1832 im vierten Stockwerk eines jener hohen, schmalen Haeuser der Rue de Navarin, die aussehen wie der Obelisk von Luxor. Sie besitzen einen Hausflur, eine enge, duestere, halsbrecherische Wendeltreppe, in jedem Stock nicht mehr als drei Fenster und einen Hof, der nicht mehr als ein viereckiger Schacht ist.

Ueber den drei oder vier Raeumen, die Grassou von Fougeres bewohnte, lag ein Atelier, dessen Fenster auf Montmartre hinausgingen. Die Waende waren rot gestrichen, der Boden braun gewaechst, auf jedem Stuhl lag ein gesticktes Deckchen, das altmodische Sofa war sauber wie das im Schlafzimmer einer Kraemerin. Alles liess auf das wohlgeordnete Dasein eines gesetzten Buergers von engem Horizont schliessen. Das Atelier enthielt ausserdem eine Kommode zum Aufbewahren der Malgeraete, einen Fruehstueckstisch, einen Schreibtisch und einen grossen Ofen, ferner die zum Malen erforderlichen Gegenstaende. Alles dies war sauber und in guter Ordnung.

Eines Tages zu Anfang Dezember, dieses fuer den Portraetisten besonders guenstigen Monats, war Pierre Grassou fruehzeitig aufgestanden, hatte den Ofen angezuendet, die Palette hergerichtet, und wartete nun, dass die Scheiben des Atelierfensters auftauen wuerden, um das Tageslicht ungehindert einzulassen. Unterdessen verzehrte er gedankenlos sein Fruehstueck, ein in Milch getunktes Hoernchen.

Da klang von der Treppe her ein wohlbekannter Schritt. Als der Maler eben mit der Arbeit beginnen wollte, ueberraschte ihn Elias Magus, Bilderhaendler und Leinwandwucherer.

"Wie gehts, alter Halunke?" begruesste ihn Grassou. Elias nahm ihm seine Gemaelde ab, das Stueck fuer zweibis dreihundert Francs. Sie liebten es, im Verkehr mit einander sich des sogenannten Kuenstlertons zu bedienen.

"Schlechte Geschaefte," sagte Elias. "Ihr Kuenstler stellt unverschaemte Forderungen. Wenn Ihr fuer sechs Sous Farbe auf die Leinwand klext, verlangt Ihr gleich zweihundert Francs dafuer.

Aber Sie, Fougeres, sind ein anstaendiger Kerl. Darum lasse ich Ihnen auch etwas Gutes zukommen."

"Timeo Danaos et dona ferentes," sagte Fougeres; "verstehen Sie lateinisch?"

"Nein."

"Nun, das heisst soviel, als dass die Griechen den Trojanern nichts anboten, ohne selbst einen Profit dabei zu haben. Und so wirds wohl auch heute noch sein, Herr Odysseus-Magus!" Diese Worte waren eine Musterwendung des unter den Malern gebraeuchlichen Atelierstils, den Fougeres, wie man sieht, vollkommen beherrschte.

"Ich verlange doch nicht, dass Sie mir Ihre Bilder umsonst geben sollen! Sie sind ein ehrenwerter Kuenstler."

"Nunund?"

"Also kurzum: Ich bringe Ihnen einen Vater, eine Mutter und eine Tochter."

"Alle drei auf einen Schlag?"

"Meiner Treu, ja! Sie wollen sich portraetieren lassen. Diese Spiessbuerger, die sich fuer Kunst begeistern, haben es noch nie gewagt, ein Atelier zu betreten. Uebrigens hat die Tochter eine Mitgift von hunderttausend Francs zu erwarten. Malen Sie die Leute nur ruhig. Vielleicht werden es einmal Ihre Familienbilder." Dieser alte Klotz von Mensch, Elias Magus genannt, unterbrach sich hier mit einem so heiseren Lachen, dass der Maler erschrak. Es war ihm, als haette der Teufel selbst diese Worte vom Heiraten gesprochen. "Fuenfhundert Francs sind fuer jedes Portraet gezahlt. Sie koennen also drei Bilder machen."

"Natuerlich, mit Freuden!" rief Fougeres.

"Und sollten Sie die Tochter heiraten, so erinnern Sie sich hoffentlich meiner."

"Ich heiraten!?" rief Pierre Grassou. "Wo ich gewohnt bin, ganz allein schlafen zu gehen und mit der Morgensonne aufzustehen? Ich, der sein Leben geregelt hat...."

"Hunderttausend Francs," sagte Magus, "und ein entzueckendes Maedchen, mit Goldton wie ein echter Tizian."

"Was fuer Leute sind es?"

"Der Alte war Kaufmann. Jetzt ist er Kunstliebhaber und Besitzer eines Landhauses in Ville d'Avray mit zehnbis zwoelftausend Pfund Rente."

"Und worin bestand sein Handel?"

"In Flaschen."

"Beim Himmel, hoeren Sie auf! Mir ist, als hoerte ich schon Pfropfen knallen...."

"Darf ich die Leute herbringen?"

"Drei Portraets…. Ich werde sie in den 'Salon' schicken…. Ich werde ins Fach des Portraetisten uebergehen. Nun denn, in Gottes Namen!"

Der alte Elias entfernte sich, um die Familie Vervelle zu verstaendigen. Werfen wir inzwischen einen Blick auf die Vergangenheit Pierre Grassous de Fougeres, um ermessen zu koennen, von welcher Bedeutung ein solcher Auftrag fuer ihn sein konnte und welchen Eindruck das Ehepaar Vervelle mit seiner einzigen Tochter auf ihn machen musste.

Bei Servin, der in der Kuenstlerwelt den Ruf als Meister des Stiftes genoss, hatte Fougeres zeichnen gelernt und war dann als Schueler zu Schinner gegangen, um von ihm in das Geheimnis seiner wunderbaren Farben eingeweiht zu werden. Aber der Meister gab seinem Schueler nichts von diesem Geheimnis preisPierre entlockte ihm nichts. Hierauf besuchte er das Atelier Sommervieux, um die Gesetze der Komposition zu studieren, aber sie blieben ihm ein versiegeltes Buch. Er ging zu Granet und Drolling, um ihnen die Technik ihrer effektvollen Interieurs abzusehen, doch vergebens, auch ihnen war nichts zu entreissen. Endlich beschloss Fougeres seine Studienzeit bei Duval-Lecamus. Sein stilles, gemaessigtes Wesen wurde in den Ateliers zur Zielscheibe des Spottes, doch entwaffnete seine Bescheidenheit und ruehrende Geduld bald die Kameraden. Bei den Lehrern fand er wenig Sympathie; sie bevorzugten das exzentrische, uebermuetige, spruehende Temperament, oder aber den ernsten, grueblerischen Charakter, der das Zeichen des Genies ist; bei Fougeres fanden sie nichts als Mittelmaessigkeit.

Sein Aeusseres entsprach seinem Namen, er war fett und plump, mittelgross von Gestalt und von blasser Gesichtsfarbe. Er hatte schwarze Haare, braune Augen, lange Ohren, eine aufwaerts gebogene Nase und einen breiten Mund. Keinem dieser Merkmale seines gesunden aber ausdruckslosen Gesichtes verlieh sein mildes, leidendes, resigniertes Wesen irgendwie eine besondere Bedeutung. Ihn beunruhigte weder das leidenschaftliche Draengen des Blutes, noch die Uebermacht der Gedanken, noch die maechtige Begeisterung, die das Zeichen der genialen Kuenstler sind.

Geboren, ein ehrenwerter Buerger zu sein, war dieser junge Mann nach Paris gekommen, um hier bei einem Farbenhaendler Gehilfe zu werden; aber in seiner bretonischen Hartnaeckigkeit hatte er es sich in den Kopf gesetzt, Maler zu werden, Gott mag wissen, was er aushielt, wie er es zuwege brachte, sich durch seine Studienjahre durchzudarben. Er durchlitt die Entbehrungen der Grossen, die das Unglueck verfolgt und die wie wilde Tiere von der Meute der Mittelmaessigkeit und der Neider verfolgt werden. Kaum meinte er auf eigenen Fuessen stehen zu koennen, so nahm er ein Atelier in der Rue des Martyrs und fing an, zu arbeiten. Im Jahre 1819 trat er mit seinem ersten Werk an die Oeffentlichkeit. Das der Jury zur Ausstellung im Louvre eingereichte Gemaelde stellte eine Bauernhochzeit dar und war eine wohlgelungene Nachahmung des bekannten Bildes von Greuze. Es wurde zurueckgewiesen. Fougeres, als er diese enttaeuschende Mitteilung erhielt, tobte nicht, wie es die Grossen tun, verfiel auch nicht einer jener epileptischen Anwandlungen, die so haeufig mit einer Herausforderung des Direktors oder des Sekretaers der Ausstellung oder mit blutduerstigen Drohungen enden. Nichts von alledem geschah, sondern Fougeres nahm seelenruhig seine Leinwand zurueck, bedeckte sie mit seinem Taschentuch und trug sie wieder in sein Atelier zurueck. Aber er schwur es sich zu, ein grosser Kuenstler zu werden. Das Bild stellte er auf eine Staffelei und begab sich zu seinem frueheren Lehrer Schinner, einem Maler von ausserordentlichem Talent, einem weichen und geduldigen Menschen, dem die letzte Ausstellung des "Salons" seinen Erfolg garantiert hatte. Grassou bat ihn, er moege das zurueckgewiesene Werk seiner Kritik unterziehen. Der grosse Maler kam sofort von seiner Arbeit weg. Kaum hatte er das Bild mit einem Blick gestreift, drueckte er dem armen Fougeres die Hand: "Guter Junge, du hast ein Herz von Gold, man darf dich nicht hintergehen. Also hoere: du hast alles gehalten, was du als Schueler versprachst. Mein lieber Fougeres, statt dass man etwas Derartiges zusammenpinselt, tut man besser, den andern nicht Farbe und Leinwand zu stehlen. Sattle um, solange es noch Zeit ist! Zieh dir eine Schlafmuetze ueber und kriech um neun Uhr ins Bett. Morgen aber, gegen zehn, gehst du zu irgend einem Bureau und suchst dir einen Posten. Von der Kunst aber lass die Finger!"

"Mein Freund," sagte Fougeres, "mein Werk ist bereits verurteilt worden, und ich bat dich nicht, es zu tadeln, sondern mir die Gruende fuer seine Ablehnung auseinanderzusetzen."

"Nun also: du hast keine Farbe, du malst alles grau und tot, du siehst die Natur durch einen Schleier. In der Zeichnung bist du grob und ungeschickt, in der Komposition kopierst du Greuze, den zu verbessern du nicht berufen bist." Als Schinner die Fehler des Bildes aufzaehlte, bemerkte er in den Zuegen des jungen Malers den Ausdruck einer so tiefen Traurigkeit, dass er ihn zum Mittagessen einlud und ihn zu troesten suchte.

Am naechsten Tage sass Fougeres schon um sieben in der Fruehe vor der Staffelei und pinselte an seinem verworfenen Bilde herum. Er vertiefte die Farben, beseitigte die von Schinner geruegten Maengel und arbeitete die Koepfe besser heraus. Als ihn die Korrekturarbeit anwiderte, trug er das Bild zu Elias Magus. Dieser Herr Magus war ein hollaendisch- belgischer Flame, und in dieser Mischung lag wohl die dreifache Vorbedingung fuer das, was er geworden war: geizig und reich. Von Bordeaux nach Paris gekommen, eroeffnete er auf dem Boulevard Bonne- Nouvelle eine Gemaeldehandlung. Das erste Bild, das Pierre ihm brachte, betrachtete er sehr genau; dann zahlte er ihm fuenfzehn Francs dafuer.

Fougeres, der von der Palette leben musste, und, wie es die Jahreszeit brachte, Brot und Nuesse oder Brot und Milch oder Brot und Kirschen oder Brot und Kaese verzehrte, laechelte und meinte: "Fuenfzehn Francs verdienen und tausend Francs verbrauchen, damit kann man es weit bringen."

Elias Magus zuckte die Achseln. Er nagte an den Fingernaegeln und dachte, dass er das Bild auch schon fuer hundert Sous haette erhandeln koennen.

Jeden Morgen spazierte Fougeres nun von der Rue des Martyrs nach dem Boulevard Bonnes- Nouvelle hinab und mischte sich der Gemaeldehandlung gegenueber unter die Passanten. Seine Augen hingen an dem Bilde, das aber selten einmal die Aufmerksamkeit eines Voruebergehenden auf sich lenkte. Aber eines Morgens, gegen Ende der Woche, war das Bild verschwunden. Fougeres schlenderte die Strasse zurueck, ging auf die andere Seite hinueber und schritt gerade auf den Laden zu, indem er tat, als fuehre ein Zufall ihn des Weges. Der Haendler stand auf der Schwelle.

"Nun, haben Sie mein Bild verkauft?"

"Nein," sagte Magus, "ich lasse einen Rahmen darum machen, damit ich es einem anbieten kann, der glaubt, er verstehe etwas von Bildern."

Fougeres wagte nicht mehr, sich auf dem Boulevard zu zeigen. Er arbeitete an einem neuen Gemaelde. Mit der Unermuedlichkeit eines Mannes plagte er sich zwei Monate lang wie ein Galeerensklave. Eines Tages ging er, fast ohne es zu wollen, wieder zum Laden des Magus. Das Bild war nicht mehr da.

"Ich habe Ihr Bild verkauft," sagte der Haendler.

"Zu welchem Preise?"

"Ich habe meine Unkosten eingebracht und noch eine Kleinigkeit daran verdient. Malen Sie mir flaemische Interieurs, eine Anatomiestudie, eine Landschaft. Ich werde sie Ihnen abkaufen," sagte Magus.

Fougeres waere dem Alten am liebsten um den Hals gefallen. Er blickte zu ihm wie zu einem Vater auf. Freude im Herzen, kehrte er heim. Also hatte der grosse Schinner sich doch in ihm getaeuscht. Noch gab es in dieser Riesenstadt Herzen, die in gleichem Takt mit seinem eigenen schlugen. Man erkannte und schaetzte seine Begabung. Dieser arme Bursche von siebenundzwanzig Jahren besass die Einfalt eines sechzehnjaehrigen Juenglings. Jedem andern wuerde die diabolische Miene des Elias Magus aufgefallen sein. Das Beben der Bartspitzen, die Haltung des Kopfes waeren ihm nicht entgangen.

Wie ein Schueler, der eine Dame begleiten darf, stolzierte Fougeres mit freudestrahlendem Gesicht durch die Strassen. Er begegnete seinem ehemaligen Mitschueler Josef Bridau, einem vom Unglueck verfolgten, vielversprechenden Talente. Da Bridau, wie er erklaerte, noch ein paar Sous in der Tasche hatte, nahm er Fougeres mit in die Oper. Aber Fougeres sah nichts von dem Ballet, hoerte nichts von der Musik; er entwarf Bilder, er malte. Noch waehrend der Vorstellung verabschiedete er sich von seinem Freunde und eilte nach Hause. Er fing an, beim Schein der Lampe zu skizzieren, erfand dreissig Bilder voll von Reminiszenzen und hielt sich fuer ein Genie.

Gleich am andern Morgen kaufte er Farben und Leinwand in allen Groessen. Brot und Kaese stellte er auf den Tisch, fuellte den Krug mit frischem Wasser und haeufte Brennholz auf. Dann ging er an die Arbeit. Er hatte einige Modelle, und Magus lieh ihm ein paar Gewaender. Nach zwei Monaten vollkommener Zurueckgezogenheit hatte der Bretone vier Gemaelde vollendet. Wieder bat er Schinner um sein Urteil und lud auch Josef Bridau dazu ein. Die beiden Maler bezeichneten die Bilder als treue Kopien der Hollaendischen Landschaften und der Interieurs von Metsu, waehrend das vierte eine missratene Nachbildung von Rembrandts Anatomie sei.

"Nichts als Nachahmungen," sagte Schinner; "Fougeres wird es schwerlich dazu bringen, etwas Eigenes zu geben."

"Du solltest etwas anderes tun als Bilder malen," sagte Bridau.

"Was denn?" fragte Fougeres.

"Wirf Dich auf die Literatur," sagte Bridau.

Fougeres liess den Kopf haengen wie ein Schaf im Regen. Dennoch liess er sich einige technische Winke geben und arbeitete danach noch an seinen Bildern, bevor er sie zu Elias brachte. Dieser zahlte ihm fuenfundzwanzig Francs fuer das Stueck. Fougeres verdiente dabei nichts, verlor aber auch nichts, denn er lebte sehr anspruchslos.

Wieder nahm er nun seine Spaziergaenge auf, um das Schicksal seiner Bilder zu verfolgen. Da hatte er eine merkwuerdige Halluzination: seine so klar und genau gemalten Bilder, die von der Haltbarkeit des Eisenblechs und glaenzend wie Porzellan waren, schienen wie von einem grauen Nebel ueberzogen; sie glichen alten Gemaelden. Elias war ausgegangen, und so konnte sich Fougeres keine Erklaerung dieses Phaenomens einholen. Er dachte, es muesse eine Taeuschung sein. Er kehrte heim und fing von neuem an, alte Bilder zu malen.

Nach sieben Jahren unermuedlicher, eifriger Arbeit brachte Fougeres es so weit, dass er ertraegliche Bilder komponieren und ausfuehren konnte. Er leistete etwas Mittelmaessiges, wie viele andere Maler auch. Elias kaufte und verkaufte alle diese Bilder des armen Bretonen, der jaehrlich muehsam hundert Louis verdiente, waehrend er kaum zwoelfhundert Francs verbrauchte. Bei der Ausstellung des Jahres 1829 wurden Leon de Lora, Schinner und Bridau, die von grossem Einfluss waren und an der Spitze der kuenstlerischen Bewegung standen, so ergriffen von der Beharrlichkeit und der Armut ihres einstigen Kameraden, dass sie eines seiner Bilder zum grossen Salon der Ausstellung zuliessen. Dies Gemaelde zeigte einen jungen Straefling, dem die Haare geschoren wurden. Er sass zwischen einem Priester und einem jungen und einem alten Weibe, die weinten, waehrend ein Schreiber ein gestempeltes Schriftstueck las. Unberuehrt standen auf einem schmutzigen Tische Speisen; zwischen den Gitterstaeben eines hochgelegenen Fensters fiel das erste Tageslicht herein. Ein Etwas in diesem Bilde musste die Buerger erschauern lassenund sie erschauerten. Unverkennbar war Fougeres von Gerard Dous bekanntem Meisterwerk beeinflusst worden; er hatte die Gruppe im Gemaelde "Die wassersuechtige Frau" zum Fenster gedreht, statt sie von vorne zu zeigen und die Sterbende durch den Verurteilten ersetzt; es war dasselbe fahle Gesicht, derselbe Blick, derselbe Aufschrei zu Gott. Statt des flaemischen Arztes hatte er den schwarzgekleideten Schreiber mit seiner kalten Amtsmiene hingemalt, und dem Maedchen auf dem Bilde Gerard Dous ein greises Weib zugesellt. Beherrscht wurde die Gruppe von dem brutal gleichgueltigen Gesicht des Henkers. Das Plagiat war raffiniert ausgefuehrt, und niemand erkannte es als solches. Der Katalog vermerkte: "No. 510. Grassou de Fougeres, Pierre, 2 Rue de Navarin. Toilette eines im Jahre 1809 zum Tode verurteilten Verbrechers".

Trotz seiner Talentlosigkeit wurde dem Bilde ein beispielloser Erfolg zuteil; erinnerte es doch an den Fall der Heizer von Mortagne. Das Publikum sammelte sich. Tag fuer Tag vor dem Bilde, das die Sensation von Paris bildete. Auch Karl X. blieb davor stehen. Madame, der man von dem kuemmerlichen Dasein des Bretonen erzaehlt hatte, begeisterte sich fuer ihn. Der Herzog von Orleans bemuehte sich um das Gemaelde. Von Praelaten hoerte Madame la Dauphine, dass das Bild eine gute Moral enthalte, und es war in der Tat von sympathischen religioesen Gedanken erfuellt. Monseigneur le Dauphin bewunderte, wie der Staub auf den Mauersteinen gemalt sei, worin er uebrigens irrte, denn Fougeres hatte durch gruenliche Reflexe die schimmlige Feuchtigkeit der Waende andeuten wollen. Madame erwarb das Bild fuer tausend Francs, und der Dauphin erteilte dem Kuenstler den Auftrag auf ein zweites, aehnliches. Fougeres, dessen Vater 1799 fuer die Sache des Koenigs gefochten hatte, wurde von Karl X. durch Verleihung des Ehrenkreuzes ausgezeichnet, waehrend Josef Bridau, der grosse Kuenstler, leer ausging. Der Minister des Innern uebertrug Fougeres die Ausfuehrung zweier Kirchengemaelde. Somit bedeutete diese Ausstellung des Salon fuer Pierre Grassou Reichtum, Ruhm und Zukunft. Schoepfer sein, heisst am langsamen Feuer schmoren; nachahmen, das heisst leben!

Eine Goldquelle hatte sich Grassou eroeffnet. In seinem skrupellosen Missbrauch der Kunst war er wieder einmal ein Beispiel dafuer, dass die ueberwaeltigende Mehrheit der Unfaehigen in unseren Tagen ueberall das Aufkommen der wahrhaft Begabten erschwert und einen erbarmungslosen Kampf gegen das wirkliche Talent fuehrt. Fougeres wunderte sich selbst ueber seinen Erfolg, und seine Bescheidenheit und Schlichtheit liessen Neid und Missgunst verstummen. Ausserdem hatte er alle Grassous, die schon ihr Glueck gemacht hatten, auf seiner Seite, mehr aber noch jene, die darauf hofften. Einige waren von der Willenskraft dieses Mannes, den nichts hatte niederwerfen koennen, begeistert und sagten: "Man muss seinen Willen zur Kunst anerkennen! Grassou hat sein Glueck nicht gestohlen; der arme Kerl hat sich zehn Jahre lang hart darum geschunden!" Alle Glueckwuensche, die dem Maler dargebracht wurden, klangen aus in diesem Ausruf: "Der arme Kerl!" Vom Mitleid wird ja ebensoviel Mittelmaessigkeit erhoben, als vom Neid Groesse und Bedeutung gestuerzt. Die Zeitungen hatten in ihren Kritiken nicht mit bitterer Schaerfe gespart, aber Fougeres schluckte sie, ebenso wie die verbessernden Ratschlaege seiner Kameraden, mit Engelsgeduld hinunter.

Nachdem er sich nun im Besitz von fuenfzehntausend Francs sah, die sauer genug verdient worden waren, richtete er sich in der Rue de Navarin seine Wohnung und sein Atelier ein und gab sich an das vom Dauphin in Auftrag gegebene Gemaelde. Auch die vom Ministerium bestellten beiden Kirchenbilder lieferte er so genau am festgesetzten Termin ab, dass der Minister ebenso wie seine Kasse von der unerwarteten Puenktlichkeit des Kuenstlers aufs hoechste ueberrascht und in Verlegenheit gebracht wurde. Allein den ordnungsliebenden Leuten ist das Glueck wohlgesonnen. Haette Grassou mit der Ablieferung gesaeumt, so waere er wohl infolge der Julirevolution niemals bezahlt worden. Mit siebenunddreissig Jahren hatte Fougeres fuer Elias Magus nahezu zweihundert Bilder fabriziert. Sie blieben zwar gaenzlich unbekannt, aber er war zufrieden damit, und diese Arbeit hatte sein Schaffen so zum Handwerk gemacht, dass die Kuenstler die Achseln zuckten. Die Buerger liebten ihn. Die Freunde schaetzten Fougeres wegen seines biederen und mitfuehlenden Wesens, wegen seiner Freundlichkeit und Anhaenglichkeit. Waehrend sie seine Palette missachteten, achteten sie doch den Mann, der sie hielt. "Ein Jammer, dass Fougeres dem Laster des Malens verfallen ist," sagten die Freunde untereinander.

Trotz seiner Talentlosigkeit war Grassou ein schaetzenswerter Berater, wie es auch in der Literatur Leute gibt, die selbst kein brauchbares Buch zustandebringen, aber einen guten Blick fuer die Fehler anderer Werke haben. Dennoch war zwischen dieser Art literarischer Kritik und der Fougeres ein Unterschied; Grassou war im hoechsten Grade empfaenglich fuer das Schoene, er war dankbar dafuer, und so kamen seine Ratschlaege aus einem aufrichtigen Empfinden, dem man wirklich vertrauen durfte.

Seit der Julirevolution schickte Fougeres zu jeder Ausstellung ein Dutzend Bilder, von denen vier oder fuenf durch die Jury zugelassen wurden. Der Maler lebte aeusserst bescheiden und hielt sich zur Bedienung nur eine Haushaelterin. Seine einzige Unterhaltung fand er in Besuchen bei seinen Freunden, im Anschauen von Kunstsammlungen und hin und wieder in einer kleinen Reise, die ihn aber nie ueber die Grenzen Frankreichs hinausfuehrte. Er beabsichtigte aber, sich demnaechst in der Schweiz neue Anregung zu holen. Unser Kuenstler war ein durchaus einwandfreier Staatsbuerger, der seiner Wehrpflicht genuegte, sich zu den Musterungen einstellte und seine Steuern ebenso wie seine Miete mit peinlicher Puenktlichkeit entrichtete.

Da sein Leben in Arbeit und Sorgen aufgegangen war, hatte er keine Zeit gefunden, an die Liebe zu denken. Dem armen Junggesellen kam es auch garnicht in den Sinn, sein einsames Leben aufzugeben, und da er nicht wusste, wie er sein Geld nutzbringend anlegen koenne, brachte er jeweils die Ersparnisse des Quartals zu seinem Notar Cardot. Als die Summe auf tausend Taler angewachsen war, legte dieser sie als erste Hypothek an. Der Maler wartete auf den gluecklichen Augenblick, wo seine Papiere die imposante Summe von zweitausend Francs Rente abwerfen wuerden, um sich das otium cum dignitate des Kuenstlers zu geben und Bilder zu malen, oh, wirkliche, vollendete Kunstwerke. Seine Zukunft, seinen Traum von Glueck, seiner Hoffnungen Superlativwollt ihr ihn hoeren? Mitglied des Instituts werden und die Rosette der Offiziere der Ehrenlegion erwerben. Seite an Seite mit Schinner und Leon de Lora sitzen, frueher als Bridau. Eine Rosette im Knopfloch tragen! Welcher Traum!Welch kleiner Geist, der nur an diese Dinge denkt!...

Als Fougeres Schritte aus der Treppe vernahm, fuhr er sich durch das Haar, knoepfte seine flaschengruene Sammetweste zu und war nicht wenig entsetzt, als er gleich darauf ein Gesicht vor sich sah, das man in der Sprache der Ateliers treffend "Melone" nennt. Diese Frucht sass auf einem mit blauem Tuch bekleideten und mit einem Gehaenge klingender Berlocks geschmueckten Kuerbis, dem zwei Steckrueben, die man nur irrtuemlicherweise als Beine bezeichnen konnte, zum Gehen dienten. Die Melone schnaufte wie ein Walross. Ein echter Kuenstler haette den hiermit charakterisierten kleinen Flaschenhaendler unverzueglich vor die Tuer gesetzt, mit dem Bedauern, dass er leider kein Gemuese male. Fougeres aber sah sich seine Kundschaft erst, ohne eine Miene zu verziehen, an, denn im Vorhemd des Herrn Vervelle prangte ein Diamant von tausend Talern Wert. Der Blick, den hierauf Fougeres dem Magus zuwarf, bedeutete etwa: "Ein feister Brocken!", waehrend Herr Vervelle die Stirn runzelte. Der Ehrenmann fuehrte noch zwei andere Gemuesesorten in Gestalt seiner Frau und seiner Tochter mit sich. Die Gattin glich mit ihrem mahagonifarbenen Gesicht einer auf unfoermlichen Fuessen stehenden Kokosnuss, die nur mit einem Kopf gekroent und von einem Guertel eingeschnuert war. Sie trug ein gelbes Kleid mit schwarzen Streifen. Ihre geschwollenen Haende staken kokett in unvorstellbaren Fausthandschuhen, die einem Korporal haetten gehoeren koennen. Ihren riesigen Hut ueberfluteten maechtige Straussenfedern, und ihre runden massigen Schultern waren mit Spitzen geschmueckt. Dergestalt war die elfenhafte Erscheinung der Kokosnuss. Die Fuesse, die man treffender als Wurzelkloetze bezeichnen wuerde, quollen in sechs Wuelsten ueber die Lackschuhe hervor. Wie waren sie nur in die Schuhe hineingekommen?! Man weiss es nicht.

Ihr folgte ein junger, gruen-gelber Spargel, dessen kleinen Kopf eine von Schleifchen gehaltene, rueben-rote Lockenfrisur zierte. Sie hatte spindelduerre Arme, einen leidlich weissen Teint, der mit Sommersprossen uebersaet war, grosse Unschuldsaugen mit fahlen Wimpern, fast gar keine Augenbrauen, einen Florentiner Strohhut, den zuechtig zwei von weissen Satinlitzen eingefasste Rosetten garnierten, die roten Haende der Tugend und die Fuesse der Mutter.

Aus der beglueckten Miene, mit der diese drei Wesen in dem Atelier des Malers Umschau hielten, verriet sich ihre ehrfuerchtige Begeisterung fuer die Kunst.

"Sie also werden uns malen, mein Herr?" fragte der wuerdige Vater.

"Ja, mein Herr!" anwortete Grassou.

"Vervelle, er hat das Ehrenkreuz!" fluesterte die Frau ihrem Manne zu, als der Maler ihnen den Ruecken zuwandte.

"Glaubst du, ich wuerde unsere Bilder von einem Maler ohne Auszeichnung malen lassen?" sagte der gewesene Flaschenhaendler.

Elias Magus verabschiedete sich von der Familie Vervelle und ging. Grassou begleitete ihn zur Treppe.

"Das war auch nur Ihnen moeglich, solche Kugeln aufzufangen," sagte er.

"Hunderttausend Francs Mitgift!" sagte Magus.

"Ja, aber was fuer eine Familie!"

"Dreihunderttausend Francs spaeteres Erbteil, ein Haus in der Rue Boucherat und ein Landhaus in Ville d'Avray. Sie waren fuer Lebenszeit versorgt," sagte Elias.

Dieser Gedanke durchzuckte Grassous Gehirn wie die Morgensonne seine Mansarde.

Waehrend er dem Vater des jungen Maedchens behilflich war, die richtige Stellung zum Portraetieren einzunehmen, erfreute er sich an dem gutmuetigen Ausdruck dieses Mannes und bewunderte die violetten Farbtoene dieses Gesichts. Mutter und Tochter flatterten um den Maler herum und beobachteten voller Entzuecken seine Vorbereitungen; er erschien ihnen wie ein Gott. Fougeres gefiel sich in dieser Bewunderung. Das goldne Kalb strahlte sein phantastisches Licht ueber diese Familie.

"Sie muessen unheimliche Summen verdienen, nicht wahr?" sagte die Mutter. "Aber Sie geben das Geld wahrscheinlich ebenso schnell, wie Sie es verdienen, wieder aus."

"Nein, gnaedige Frau," erwiderte der Maler, "ich gebe es nicht aus, denn ich wuesste nicht, wozu. Mein Notar arbeitet mit dem Gelde und fuehrt Buch darueber; und sobald ich es ihm gegeben habe, denke ich nicht mehr daran."

"Ich habe mir sagen lassen," rief Papa Vervelle, "Ihr Kuenstler waeret wie die Siebe."

"Wer ist Ihr Notar, wenn es erlaubt ist?" fragte Frau Vervelle.

"Oh, ein guter Kerl, der runde Cardot."

"Aber nein, wie komisch!" lachte Vervelle. "Cardot ist auch unser Notar."

"Sie duerfen sich nicht bewegen," sagte der Maler.

"Aber so bleibe doch ruhig," rief die Gattin. "Du wirst schuld sein, wenn der Herr einen Fehler macht. Du solltest ihn nur bei der Arbeit sehen, so wuerdest Du verstehen…." "Ach Gott! Warum habt Ihr mich nicht im Malen unterrichten lassen!" sagte Fraeulein Vervelle zu den Eltern.

"Virginie," rief die Mutter, "es gibt gewisse Dinge, die ein junges Maedchen nicht kennen darf. Bist Du erst einmal verheiratetgut! Aber bis dahin gib Dich zufrieden."

Diese erste Sitzung genuegte, um den ehrenwerten Kuenstler mit der Familie Vervelle schon recht befreundet werden zu lassen. In zwei Tagen sollten die Vervelles wiederkommen. Vater und Mutter liessen Virginie auf dem Heimweg ein wenig vorausgehen, aber trotz der Entfernung erlauschte sie folgende Worte, die ihre Neugier erweckten: "Ein dekorierter Mann … siebenunddreissig Jahre … ein Kuenstler mit Auftraegen, dessen Geld von unserm Notar verwaltet wird … wie waere es, wenn wir Cardot zu Rate zoegen? Ha! Madame de Fougeres waere nicht uebel!… Er sieht nicht aus wie ein uebler Mensch…. Du meinst, besser ein Grosshaendler? Aber bei einem Kaufmann kannst Du, wenn er sich nicht bereits vom Geschaeft zurueckgezogen hat, nie wissen, wie es Deiner Tochter ergehen wird. Ein sparsamer Kuenstler dagegen … ausserdem lieben wir die Kunst … kurz und gut…."

Waehrend die Familie Vervelle ihre Eindruecke ueber den Maler austauschte, bildete sich auch Fougeres seinerseits sein Urteil ueber die drei. Aber das Atelier war ihm zu eng und still dazu. Er begab sich auf die Strasse und musterte die rothaarigen Frauen unter den Voruebergehenden, wobei er die seltsamsten Schlussfolgerungen zog: Gold sei das schoenste der Metalle, und die gelbe Farbe kennzeichne das Gold, die Roemer liebten Frauen mit goldrotem Haar und er fuehle wie ein Roemer … und dergleichen mehr. Welcher Mann kuemmert sich, nach zwei Jahren der

Ehe noch um die Haarfarbe seiner Frau? Schoenheit vergeht, aber die Haesslichkeit besteht. Geld ist der halbe Weg zum Glueck.

Als der Maler abends zur Ruhe ging, fand er Virginie Vervelle bereits entzueckend.

Als die drei Vervelles zur zweiten Sitzung das Atelier betraten, empfing der Maler sie mit einem liebenswuerdigen Laecheln. Der Schelm hatte heute seinem Bart besondere Aufmerksamkeit gewidmet; seine Waesche war bluetenweiss; anmutig hatte er sein Haar geordnet, und er trug eine sehr kleidsame Hose und puterrote Hausschuhe. Sein Gruss wurde von der Familie ebenfalls mit einem gewinnenden Laecheln beantwortet. Virginie, die so rot wurde wie ihr Haar, senkte die Augen und wandte den Kopf ab, als versenke sie sich in die Studien. Pierre Grassou war von diesen kleinen Zierereien entzueckt; er fand Virginie grazioes und gluecklicherweise weder ihrem Vater noch ihrer Mutter aehnlich.

Waehrend der Sitzung entspann sich eine angeregte Unterhaltung zwischen der Familie und dem Maler, der so kuehn war, den Vater Vervelle geistvoll zu finden. Die Vervelles nahmen mit ihren Schmeichelworten das Herz des Kuenstlers im Sturm. Er schenkte Virginie eine seiner Skizzen und der Mutter eine Studie. "Umsonst?" fragten sie. Pierre Grassou musste lachen. "Sie duerfen Ihre Bilder nicht so wegschenken," sagte Vervelle, "das ist doch so gut wie bares Geld."

Bei der dritten Sitzung erzaehlte Papa Vervelle von einer schoenen

Gemaeldegalerie, die er sich in seinem Landhaus in Ville d'Avray zugelegt habe. Sie enthalte Werke von Rubens, Gerard Dou, Mieris, Terborch, Rembrandt, Paul Potter, einen Tizian und anderes. "Herr Vervelle hat sich eine Torheit geleistet," sagte Frau Vervelle sehr wichtig, "er besitzt fuer hunderttausend Francs Bilder.""Ich bin eben Kunstliebhaber," sagte der ehemalige Flaschenhaendler.

Als der Maler das Portraet der Frau Vervelle begann, nachdem das ihres Gatten nahezu vollendet war, fand die Bewunderung der Familie kein Ende. Der Notar hatte von dem Maler eine geradezu glaenzende Schilderung gegeben: Pierre Grassou war in seinen Augen der ehrenwerteste Mann der Welt, einer der bestsituierten Kuenstler, der sich bis jetzt sechsunddreissigtausend Francs zusammengespart habe; die Tage des Elends seien fuer ihn vorbei, er habe eine Jahreseinnahme von zehntausend Francs; alles in allem, es sei ausgeschlossen, dass er eine Frau ungluecklich machen werde. Diese Schlussbemerkung fiel entscheidend in die Wagschale. Die Vervelles unterhielten ihre Freunde nur noch mit Gespraechen ueber den beruehmten Fougeres. An dem Tage, da Fougeres das Bild Virginiens in Angriff nahm, galt er schon als der zukuenftige Schwiegersohn der Familie. Die drei Vervelles bluehten und gediehen in der Atmosphaere dieses Ateliers, das sie nun schon als eine ihrer Residenzen ansahen. Eine unerklaerliche Anziehungskraft ging von diesem sauberen, freundlich geordneten Raum auf sie aus. Abyssus, abyssumder Buerger zieht den Buerger an.

Als die Sitzung zu Ende ging, erzitterte die Treppe unter heraufstuermenden schweren Schritten. Die Tuere wurde aufgerissen und Josef Bridau trat ein. Er war erhitzt und aufgeregt, seine Haare wehten, sein dicker Schaedel gluehte. Wie Blitze flogen seine Blicke umher und er wirbelte alles im Atelier durcheinander, um sich dann ploetzlich an Grassou zu wenden, waehrend er versuchte, den ueber den Bauch zusammengezogenen Rock zuzuknoepfen, was nicht gelang, da von dem betreffenden Knopf nur noch der leere Stoffueberzug vorhanden war. "Das Holz ist teuer," sagte er zu Grassou.

"Ah!"

"Die Glaeubiger sind hinter mir her…. Aber sag, malst Du dies Zeug da?"

"So schweig doch!"

"Ach so! Ja!"

Familie Vervelle fuehlte sich durch das ungewoehnliche Auftreten dieses Menschen im tiefsten verletzt. Ihre natuerliche Roete steigerte sich ins Kirschfarbene und endlich zu flammendem Purpur.

"Allerdings, so etwas bringt was ein!" begann Bridau wieder. "Hast Du Geld?"

"Brauchst Du viel?"

"Fuenfhundert…. Ich bin einem Bluthund von Wucherer in die Finger gefallen. Wenn so eine Bestie einmal zugepackt hat, so laesst sie nicht locker, bis sie den Bissen geschluckt hat. Welche Rasse!"

"Ich werde Dir ein paar Zeilen an meinen Notar mitgeben…."

"Was, Du hast einen Notar?"

"Ja!"

"Nun, dann weiss ich doch wenigstens, warum Du die Wangen mit Rosentoenen malst, die einen Parfuemeur begeistern wuerden."

Grassou konnte es nicht verhindern, dass er erroetete. Virginie verzog das Gesicht.

"Warum haeltst Du Dich nicht an die Natur?" fuhr der grosse Maler fort. "Das Fraeulein ist rotnun also, ist denn das so schlimm? In der Kunst ist alles schoen. Tu Zinnober auf Deine Palette und belebe die Wangen damit. Pinsele getrost die kleinen braunen Tuepfelchen hin und gib dem Ganzen etwas mehr Fettglanz. Willst Du mehr Geist haben als die Natur?"

"Hier…." sagte Fougeres, "Du kannst mich ja solange vertreten, waehrend ich schreibe."

Vervelle schob seinen Kugelkoerper leise an den Tisch heran und beugte sich zum Ohr des Malers herab. "Dieser Brausekopf wird aber doch alles verderben!" fluesterte der besorgte Kaufmann.

"Wenn er das Bild Ihrer Virginie malte," erwiderte Fougeres entruestet, "so wuerde es tausendmal besser als meine Arbeit."

Auf diese Auskunft hin zog Vervelle sich vorsichtig wieder zurueck und begab sich an die Seite seiner Frau, die ueber diesen Berserker einfach sprachlos war und sich nur hoechst beunruhigt darueber zeigte, dass er an dem Portraet ihrer Tochter herumwerkelte.

"Sohalte Dich an diese Angaben," sagte Bridau, als er die Palette gegen das Schreiben eintauschte. "Ich danke Dir nicht weiter! Nun kann ich doch nach Chateau d'Arthey zurueckkehren, wo ich einen Speisesaal auszufuehren habe; Leon de Lora macht die

Tuerfuellungen. Wahre Meisterwerke! Du solltest uns einmal besuchen!" Er ging ohne Gruss; er hatte von dem Anblick Virginies genug bekommen.

"Wer ist denn dieser Mensch?" fragte Madame Vervelle."Ein grosser Kuenstler," antwortete Grassou. Nach einer Minute des Schweigens fragte Virginie: "Sind Sie auch sicher, dass er an meinem Bilde nichts verdorben hat? Er hat mich erschreckt!"

"Er hat es verbessert," antwortete Grassou."Wenn dieser ein grosser Kuenstler ist," sagte Madame Vervelle, "so muss ich doch sagen, dass ich die grossen Kuenstler Ihrer Art vorziehe.""Aber Mama, Herr Grassou ist doch ein viel groesserer Maler; er malt mich in ganzer Figur," plapperte Virginie. Diese braven Leute fuehlten sich durch die Allueren des Genies vor den Kopf gestossen.

Es war im Spaetsommer, als Vervelle sich ein Herz fasste und den Maler zum naechsten Sonntag auf sein Landhaus einlud. "Ich weiss ja," sagte er bescheiden, "dass wir Buergersleute einem Kuenstler nicht viel Anziehendes bieten koennen. Die Kuenstler brauchen Anregung, Schaugepraenge und eine Umgebung geistvoller Personen. Bei mir werden Sie nichts finden als einen guten Wein; ich hoffe aber auch, dass meine Gemaeldegalerie Ihnen hilft, die Langeweile zu verscheuchen, die einen Kuenstler wie Sie unter so einfachen Leuten befallen koennte."

Es entzueckte den armen Pierre Grassou, der so wenig an Lobeserhebungen gewoehnt war, sich so gefeiert zu sehen. Dieser guetige Mensch, dieser kaum mittelmaessige Kuenstler, dies goldene Herz, diese treue Seele, dieser miserable Zeichner und brave Junge, den der koenigliche Orden der Ehrenlegion zierte, warf sich in Gala, um die letzten schoenen Tage des Jahres in Ville d'Avray zu geniessen. Er fuhr bescheiden im Omnibus. Das Schloesschen des ehemaligen Flaschenhaendlers, das auf der Hoehe von Ville d'Avray, dem schoensten Punkt der Ortschaft, mitten in einem fuenf Morgen grossen Park lag, erregte Grassous hoechste Bewunderung. Virginie heiraten, hiess also, eines Tages Besitzer dieser schoenen Villa werden!

Von den Vervelles wurde er mit so begeisterter Freude, Liebenswuerdigkeit und ungeschickter Herzlichkeit aufgenommen, dass er sich beschaemt fuehlte. Es war ein Tag des Triumphes fuer ihn. In den zu Ehren des hohen Besuches sorgfaeltig geharkten Wegen fuehrte man seine Zukunftsplaene spazieren.

Sogar die Baeume sahen aus, als ob sie gekaemmt worden waeren. Die Rasenplaetze waren frisch gemaeht. Durch die reine Landluft schwebten verheissungsvoll wunderbare Kuechengerueche herueber. Alles im Hause schien sich zuzufluestern: "Wir haben einen grossen Kuenstler zu Gast!" Papa Vervelle kugelte wie ein Apfel durch seinen Park, die Tochter schlaengelte sich wie ein Aal daher, und die Mutter folgte mit wichtigtuerischer Miene hinterdrein.

Unermuedlich beschaeftigten die drei Leute sich ohne Unterbrechung sieben Stunden lang um ihren Gast. Auf das Diner, das sich in seiner koestlichen Reichhaltigkeit sehr in die Laenge zog, folgte der grosse Coup des Tages, die Besichtigung der Galerie. Drei Nachbarn, ehemalige Kaufleute, ein Erbonkel, den man zu Ehren des grossen Kuenstlers eingeladen hatte, ein altes Fraeulein Vervelle und die Gastgeber selbst folgten dem Maler in die Galerie. Sie waren alle begierig, sein Urteil ueber die beruehmte Sammlung des kleinen Papa Vervelle zu hoeren und ueber den fabelhaften Wert der Bilder Gewissheit zu erlangen. Es schien, dass der Flaschenhaendler mit Koenig Louis Philipp und den Galerien von Versailles hatte wetteifern wollen. An den kostbaren Rahmen waren kleine Taefelchen angebracht, die auf goldenem Grund schwarze Aufschriften trugen. Sie lauteten: "Rubens, Tanz der Faune und

Nymphen.""Rembrandt, Inneres eines Anatomiesaales.Dr. Tromp mit seinen Schuelern." Die Galerie wurde durch Lampen erhellt, die besondere Beleuchtungseffekte erzielen sollten. Sie enthielt hundertfuenfzig alte, verstaubte Gemaelde. Vor einigen hingen gruene Vorhaenge, die man in Gegenwart der jungen Leute geschlossen liess. Der Kuenstler stand da, die Arme verschraenkt und mit offenem Munde; er war sprachlos: in dieser Galerie fand er die Haelfte seiner eigenen Bilder wieder. Rubens, Paul Potter, Mieris, Gerard Dou,zwanzig der groessten Meister waren Werke seiner Hand.

"Mein Gott! Was fehlt Ihnen? Wie bleich Sie geworden sind! Schnell ein Glas Wasser, Kind!" rief Mutter Vervelle. Der Maler zog Papa Vervelle am Rockknopf in einen Winkel der Galerie, unter dem Vorwand, einen Murillo betrachten zu wollen; die Bilder der Spanier waren damals in Mode. "Sagen Sie, haben Sie diese Gemaelde bei Elias Magus erstanden?" "Ja, lauter Originale!"

"Unter uns gesagt, zu welchem Preise hat er Ihnen diejenigen verkauft, die ich Ihnen jetzt bezeichnen werde?" Sie machten nebeneinander einen Rundgang durch den Raum. Die Gaeste waren entzueckt davon, mit welchem Ernst der Kuenstler sich an der Seite seines Gastgebers dem Studium der Meisterwerke hingab. "Dreitausend Francs!" sagte Vervelle mit fluesternder Stimme, als sie vor dem letzten Bilde angelangt waren, "aber ich gab ihm viertausend dafuer.""Einen Tizian fuer viertausend Francs?" sagte der Maler mit erhobener Stimme; "aber das waere ja geschenkt!""Wie ich Ihnen sagte. Ich besitze hier fuer zusammen hunderttausend Taler Bilder!" rief Vervelle.

"Alle diese Bilder habe ich gemalt," sagte Pierre Grassou ihm ins Ohr, "und ich habe fuer alle zusammen nicht mehr als zehntausend Francs bekommen." "Beweisen Sie mir das," sagte der Flaschenhaendler, "und ich werde die Mitgift meiner Tochter verdoppeln, denn dann sind Sie ja Rubens, Rembrandt, Terborch, Tizian in einer Person!"

"Und unser Magus ist ein hoechst talentierter Bilderhaendler!" meinte der Maler, der nun endlich begriff, warum seine Bilder im Laden des Elias ein so merkwuerdiges Aussehen bekamen und weshalb der Alte immer so sonderbare Motive von ihm verlangt hatte.

Wollte man nun annehmen, dass Herr von Fougeresauf diesen Namen bestand seine Familiebei seinen Bewunderern an Hochachtung eingebuesst haette, so irrte man darin. Sein Ansehen stieg ueber alles Mass. Die Portraets der Familie Vervelle fuehrte der Glueckliche aber nun unentgeltlich aus und brachte sie seinem Schwiegervater, seiner Schwiegermutter und seiner jungen Gattin als Geschenk dar.... Pierre Grassou, der heute bei keiner Ausstellung fehlt, gilt in der Welt der Kleinbuerger als ein guter Portraetmaler. Er hat ein Einkommen von zwoelfhundert Francs im Jahre und bekleckst fuer fuenfhundert Francs Leinwand. Seine Frau hat eine jaehrliche Rente von sechstausend Francs als Mitgift bekommen und die Eheleute wohnen im Hause der Schwieger- eltern. Die Vervelles und die Grassous verstehen sich ganz ausgezeichnet miteinander; sie halten sich eine gemeinsame Equipage und sind die gluecklichsten Menschen von der Welt. Wo Pierre Grassou in buergerlicher Sphaere eine Gesellschaft besucht, wird er als der groesste Kuenstler seiner Zeit gefeiert. Von der Barriere du Trone bis zur Rue du Temple wird kein Familienbild in Auftrag gegeben, das nicht dieser grosse Maler ausfuehrt und sich mit mindestens fuenfhundert Francs bezahlen laesst. Fragt man die Buerger, warum sie gerade ihm den Vorzug geben, so antworten sie: "Man mag sagen, was man will, er ist ein Mann, der im Jahre seine zwanzig- tausend Francs zum Notar bringt!"

Da Grassou sich bei den Aufstaenden am 12 Mai trefflich gehalten hatte, wurde er zum Offizier der Ehrenlegion ernannt. Er ist Bataillonschef der Nationalgarde. Es blieb nicht aus, dass das Museum von Versailles einem so ausgezeichneten Staatsbuerger ein Schlachtengemaelde in

Auftrag gab. Fougeres trug seine Freude vor ganz Paris zur Schau und erzaehlte seinen ehemaligen Kameraden, die ihm begegneten, mit gleichgueltiger Miene: "Der Koenig hat ein Schlachtengemaelde bei mir bestellt."

Frau von Fougeres, die ihren Gatten mit zwei Kindern beschenkt hat, betet ihn an. Ein ausgezeichneter Gatte und guter Vater ist dieser Maler, aber er kann nicht den schmerzlichen Gedanken verwinden, dass die Kuenstler sich ueber ihn lustig machen, sein Name in den Ateliers nur als abschreckendes Beispiel genannt wird, die Presse sich nicht mit seinen Werken beschaeftigt. Doch er arbeitet unentwegt weiter und hegt die Hoffnung, dass man ihn in die Akademie aufnehmen werde. Und, ein Akt herzerfreuender Rache, den beruehmten Malern kauft er, wenn sie in Geldverlegenheit sind, ihre Bilder ab. Auf diese Weise tauscht er die elenden Schinken der Galerie in Ville d'Avray aus gegen wirkliche Meisterwerke, die nicht von ihm stammen.

DIE BOERSE

Es gibt eine koestliche Stunde fuer Herzen, die sich leicht oeffnen, fuer frische Herzen, die stets jung und zaertlich bleiben, und diese Stunde, die unbestimmteste und veraenderlichste von allen, aus denen ein Tag besteht, beginnt in dem Augenblick, wo es noch nicht Nacht und nicht mehr Tag ist. Die Abenddaemmerung wirft ihre matten Faerbungen und wunderlichen Beleuchtungen auf alle Gegenstaende, und suesse Traeumereien entstehen dann, waehrend Licht und Dunkelheit miteinander kaempfen. Das Schweigen, das fast stets waehrend dieses an Inspirationen reichen Augenblickes herrscht, macht ihn besonders den Dichtern, Malern und Bildhauern teuer. Sie sammeln sich, treten ein wenig von ihren Werken zurueck, und da sie nicht mehr daran arbeiten koennen, so beurteilen sie sie und berauschen sich mit Wonne an ihren Schoepfungen, deren ganze Schoenheit sich vor dem inneren Auge ihres Genius entfaltet.

Derjenige, der noch nie waehrend dieses Augenblicks in poetische Traeumereien versunken neben einem Freunde sass, wird nur schwer die unnennbaren Wohltaten desselben begreifen. Infolge des Halbdunkels verschwindet der materielle Trug, den die Kunst anwendet, um an die Wirklichkeit des Lebens glauben zu machen. Der Schatten wird dann Schatten, Licht ist Licht, das Fleisch wird lebendig, die Augen leuchten, Blut fliesst durch die Adern und die Gewaender der gemalten Figuren scheinen zu rauschen. Die Einbildungskraft kommt auf wundersame Weise zu Hilfe, um an die Natuerlichkeit der Einzelheiten glauben zu machen; man sieht nur noch die Schoenheit des Werks, und wenn es sich um ein Gemaelde handelt, so scheint es uns, als ob die dargestellten Personen redeten und sich bewegten.

Despotisch herrscht in dieser Stunde die Illusion; sie erhebt sich mit der Nacht. Und ist sie fuer den Verstand nicht eine Art von Nacht, an die wir so gern glauben? Die Illusion hat dann Schwingen, sie fuehrt den Geist in die Welt der Phantasien, in eine Welt, die fruchtbar an wolluestigen Launen ist, und in welcher der Kuenstler ganz und gar die wirkliche Welt vergisst, die Vergangenheit, die Zukunft, sogar sein Elend.

In dieser magischen Stunde war es, als ein junger Maler, ein talentvoller Mann, der in der Kunst nur die Kunst selbst erblickte, die Doppelleiter bestiegen hatte, deren er sich bediente, um ein grosses und hohes Gemaelde zu entwerfen, das bereits zu einem grossen Teile vollendet war. Er beurteilte sich jetzt selbst, bewunderte sich aufrichtig, ueberliess sich dem Strome seiner Gedanken und versank in eine jener Ueberlegungen, die das Herz entzuecken und erheben, die ihm schmeicheln und es troesten. Seine Traeumerei dauerte ohne Zweifel lange Zeit; die Nacht erschien, und sei es nun, dass er von seiner Leiter herabsteigen wollte, sei es, dass er eine unvorsichtige Bewegung machte, indem er sich auf ebener Erde glaubte, denn das Ereignis erlaubte ihm nicht, sich genau an die Ursachen seines Ungluecks zu erinnern.... Er fiel.

Sein Kopf schlug gegen einen Sessel, so dass er das Bewusstsein verlor und eine Zeit lang regungslos liegen blieb. Wie lange er in diesem bewusstlosen Zustande verblieb, konnte er selbst nicht angeben. Eine sanfte Stimme erweckte ihn aus der Betaeubung, in die er versunken war. Als er die Augen aufschlug, drang ein so lebhaftes Licht durch die Lider, dass er sie sogleich wieder schliessen musste. Nun vernahm er durch den Schleier hindurch, der seine Sinne gewissermassen umhuellte, das Gespraech zweier weiblichen Personen, und fuehlte jugendliche schuechterne Haende sein Haupt betasten. Als er dann sein Bewusstsein vollkommen wiedergewonnen, vermochte er beim Schein einer altmodischen Lampe das wonnigste Koepfchen eines jungen Maedchens zu unterscheiden, das er je gesehen hatte, einen von jenen Koepfen, die man oft fuer eine Laune des Pinsels halten moechte, der aber fuer ihn sein schoenes Ideal ploetzlich verwirklichte, denn jeder Kuenstler hat ein Ideal, und daher eben entspringt sein Talent.

Das Antlitz der Unbekannten gehoerte gewissermassen zu dem feinen und zarten Typus der Schule von Prudhon und besass ueberdies jene phantastische Poesie, mit der Girodet seine Gestalten bekleidet hat. Die Frische der Schlaefen, die Regelmaessigkeit der Brauen, die Reinheit der Linien, die in allen Zuegen dieser Physiognomie kraeftig ausgepraegte Jungfraeulichkeit machten gewissermassen eine vollendete Schoepfung aus dem jungen Maedchen. Es hatte einen schlanken und geschmeidigen Wuchs, hatte zarte Formen. Die einfache und saubere Kleidung deutete weder auf Reichtum noch auf Armut.

Als der junge Maler die Besinnung wiedererlangt hatte, drueckte er seine Bewunderung durch einen Blick der Ueberraschung aus und stotterte verlegene Worte des Dankes. Er fand seine Stirn mit einem Taschentuch umwunden und erkannte trotz des Geruchs, der den Malerwerkstaetten eigen ist, den starken Duft des Aethers, der ohne Zweifel angewandt war, um ihn aus seiner Ohnmacht zu wecken. Dann bemerkte er endlich auch noch eine alte Dame, die den Marquisen des Ancien Regime glich, die eine Lampe hielt und der jungen Dame Ratschlaege gab.

"Mein Herr," antwortete das junge Maedchen auf eine der Fragen, die der Maler an sie richtete, waehrend seine Gedanken noch von dem Falle verwirrt waren, "meine Mutter und ich, wir hoerten den dumpfen Fall eines Koerpers in Ihrem Zimmer und glaubten darauf, ein Seufzen zu unterscheiden; die schreckliche Stille, die darauf folgte, veranlasste uns, zu Ihnen herauf zu eilen. Wir fanden den Schluessel in der Tuer und erlaubten uns, einzutreten, worauf wir Sie bewegungslos auf der Erde liegen sahen. Im ersten Augenblick fuerchteten wir fuer ihr Leben. Meine Mutter holte sogleich alles, was fuer eine Kompresse und zu Ihrer Wiederbelebung noetig war. Sie sind an der Stirn verletzt ... hier ... fuehlen Sie's?"

"Ja ... jetzt ..." sagte er.

"O! es hat nichts zu sagen ..." versetzte die alte Mutter. "Ihr Kopf ist zum Glueck auf die Gliederpuppe gefallen."

"Ich fuehle mich schon wieder besser," antwortete der Maler, "und bedarf nur eines Wagens, um nach meiner Wohnung zurueckzukehren. Die Tuerschliesserin wird mir einen besorgen...."

Er wollte seinen Dank gegen die beiden Unbekannten wiederholen, wurde aber bei jedem Worte von der alten Dame unterbrochen, die zu ihm sagte: "Mein Herr, vergessen Sie nicht, morgen Blutegel anzusetzen oder sich schroepfen zu lassen.... Trinken Sie einige Tassen Arnikatee...."

Das junge Maedchen schwieg. Es betrachtete auf verstohlene Weise den Maler und die Gemaelde der Werkstaette; in seiner Haltung und seinen Blicken lag eine vollkommene Schicklichkeit. Seine Neugierde glich nur der Zerstreuung, und seine Augen schienen jenen Anteil auszudruecken, den das weibliche Geschlecht an jedem Ungluecklichen nimmt. Die beiden Unbekannten schienen die Werke des Malers zu vergessen, waehrend sie in Gegenwart des leidenden Malers waren, und als er sie hinsichtlich seiner Lage ermutigt hatte, gingen sie, indem sie sich nach manchem noch mit einer sanften Besorgnis erkundigten, die jedoch fern von jeder Vertraulichkeit blieb. Sie richteten keine unbescheidenen Fragen an ihn und suchten nicht, in ihm den Wunsch zu erwecken, seine Retterinnen kennen zu lernen. In allen ihren Handlungen lag eine seltene Natuerlichkeit, ein guter Geschmack, und wenn auch ihr edles und einfaches Benehmen fuer den Augenblick wenig Wirkung auf den Maler hervorbrachte, so ueberraschte es ihn doch lebhaft, als er sich hinterher die Einzelheiten dieses Auftritts in sein Gedaechtnis zurueckrief.

Als die alte Dame in das Stockwerk hinabgestiegen war, das sich unter der Werkstaette des Malers befand, sagte sie mit sanfter Stimme: "Adelaide, Du hast die Tuer offen gelassen."

"Um mir zu Hilfe zu kommen!" antwortete der Maler mit einem Laecheln des Danks.

"Meine Mutter! Sie sind zuletzt unten gewesen!…" entgegnete das junge Maedchen erroetend.

"Sollen wir Sie hinunter begleiten?…" fragte die Mutter den Maler, "die Treppe ist sehr dunkel!"

"Ich danke Ihnen, meine Damen … ich fuehle mich vollkommen besser."

"Halten Sie sich ja an dem Gelaender fest!"

Die beiden Damen blieben auf dem Absatz der Treppe stehen, leuchteten dem jungen Manne und lauschten auf das Geraeusch seiner Schritte.

Um zu begreifen, wie ueberraschend und unerwartet dieser ganze Auftritt fuer den Maler sein musste, duerfen wir nur bemerken, dass er erst seit wenigen Tagen seine Werkstatt in einen Dachraum dieses Hauses verlegt hatte, das in dem dunkelsten, engsten und kotigsten Teile der Rue de Suresne lag, unweit der Magdalenenkirche, und ebenfalls unfern seiner Wohnung, die sich in der Rue des Champs-Elysees befand.

Die Beruehmtheit, die ihm sein Talent erworben und aus ihm einen der beliebtesten Kuenstler gemacht hatte, liess ihn seine fruehere Armut vergessen und so kannte er die Not allmaehlich nicht mehr. Statt daher fern in einer jener entlegenen Werkstaetten in der Naehe der Barrieren zu arbeiten, deren maessige Miete vordem im Verhaeltnis zu der Maessigkeit seines Verdienstes stand, hatte er einem Wunsche genuegt, der mit jedem Tage bei ihm wach geworden war, und die naeher gelegene Werkstatt gemietet, die ihm weitere Wege ersparte und somit einen Verlust der Zeit, die fuer ihn jetzt kostbarer geworden war als je. Niemand in der Welt wuerde mehr Teilnahme eingefloesst haben, als Hippolyt Schinner, wenn er sich dazu haette verstehen koennen, sich zu erkennen zu geben; allein er offenbarte nicht gern die Geheimnisse seines Lebens.

Er war der Abgott einer armen Mutter, die sich selbst die haertesten Entbehrungen aufgelegt hatte, um ihn erziehen zu koennen. Jungfer Schinner, die Tochter eines Bauern im Elsass, war nie verheiratet gewesen. Ihr empfindsames Herz war grausam geknickt durch einen reichen Mann, der in der Liebe nicht sehr zartfuehlend war. Der Tag, an dem sie als junges Maedchen und in dem ganzen Glanze ihrer Schoenheit auf Kosten ihres Herzens und ihrer schoensten Illusion jene Entzauberung erlitt, die uns so langsam erreicht und doch auch so schnell, da wir stets erst so spaet als moeglich an das Boese glauben wollen, wie uns das Boese immer noch zu schnell zu kommen scheint, jener Tag war demnach fuer sie ein ganzes Jahrhundert des Nachdenkens, sowie zugleich der Tag der frommen Gedanken und der Entsagung. Sie verschmaehte die Almosen dessen, der sie betrogen hatte, entsagte der Welt und machte sich einen Ruhm aus ihrem Fehltritt. Sie widmete sich ganz und gar nur der muetterlichen Liebe und verlangte von dieser, waehrend sie allen weltlichen Genuessen entsagte, die geheimen Wonnen eines ruhigen und ungekannten Lebens. Sie lebte von ihrer Arbeit und haeufte sich einen Schatz auf in ihrem Sohne. Ein Tag, eine Stunde vergalt ihr daher spaeter die langen und langsamen Opfer ihrer Armut. Bei der letzten Ausstellung hatte ihr Sohn, Hippolyt Schinner, das Kreuz der

Ehrenlegion erhalten, und die Zeitungen, die einmuetig das unbekannte Talent feierten, ergingen sich noch immer in aufrichtigen Lobspruechen. Die Kuenstler selbst erkannten in Schinner einen Meister, und seine Gemaelde wurden mit Gold aufgewogen. In seinem fuenfundzwanzigsten Jahre hatte Hippolyt Schinner, dem seine Mutter eine weibliche Seele, eine grosse Zartheit der Organe und unendliche Reichtuemer des Herzens vererbt hatte, besser denn je seine Stellung in der Welt erkannt. Er wollte seiner Mutter alle die Freuden erstatten, deren sie so lange Zeit entbehrte, lebte daher nur fuer sie und hoffte, durch seinen Ruhm und seinen Reichtum auch sie gluecklich, reich und angesehen zu machen.

Schinner hatte seine Freunde unter den achtenswertesten und ausgezeichnetsten Maennern gewaehlt; er war peinlich in der Wahl seiner Bekannten und wollte durch diese seine Stellung noch mehr erhoehen, die ohnedies schon durch sein Talent eine hohe war. Die hartnaeckige Arbeit, der er sich von seiner Jugend an weihte, hatte ihm den schoenen Glauben erhalten, der die ersten Tage des Lebens schmueckt, indem sie ihn zwang, in der Einsamkeit zu bleiben, bei dieser Mutter der grossen Gedanken. Sein reifender Geist verkannte das tausendfaeltige Schamgefuehl nicht, das aus einem junge Manne ein besonderes Wesen macht, dessen Herz reich ist an Glueckseligkeiten, an Poesien und jungfraeulichen Hoffnungen, ein Wesen, das schwach erscheint in den Augen stumpfsinniger Menschen, aber tief ist, weil es einfach ist. Er besass jenes sanfte und hoefliche Benehmen, das die Herzen gewinnt und selbst die bezaubert, von denen es nicht begriffen wird. Er war schoen gewachsen und seine Stimme hatte einen silberreinen Ton. Sah man ihn, so fuehlte man sich zu ihm hingezogen durch eine jener moralischen Anziehungskraefte, die unsere allwissenden Psychologen gluecklicherweise noch nicht zu erklaeren verstehen; sie haetten in derselben vielleicht eine Erscheinung des Galvanismus erkannt oder das Spiel irgend eines Fluidums; denn wir moechten ja jetzt selbst unsere Gefuehle durch elektrische oder magnetische Stroemungen erklaeren. Diese Einzelheiten machen vielleicht den Maennern von kuehnem Charakter mit wohlbestellten Halsbinden begreiflich, warum Hippolyt Schinner nicht eine Frage inbezug auf die beiden Damen, deren gutes Herz er kennen gelernt hatte, an die Tuersteherin richtete, waehrend der Mann derselben nach dem Ende der Rue de la Madelaine geeilt war, um einen Wagen zu holen. Obgleich er nur mit Ja und Nein auf die bei einer solchen Gelegenheit natuerlichen Fragen antwortete, die die Tuersteherin im Hinblick auf seinen Unfall und auf die Hilfeleistung der Mieterinnen im vierten Stock an ihn richtete, so konnte er dieselbe doch nicht verhindern, dem Instinkt der Tuersteher zu folgen, und sie erzaehlte ihm nun nach ihrer Weise, was sie von den beiden Unbekannten wusste.

"Ach!" sagte sie, "das ist ohne Zweifel Fraeulein Leseigneur mit ihrer Mutter gewesen! Sie wohnen hier seit vier Jahren und wir wissen immer noch nicht, was sie treiben. Nur des Morgens, bis Mittag etwa, erscheint eine alte Aufwaerterin, die halb taub ist und stumm wie eine Wand, um sie zu bedienen; abends kommen dann zwei oder drei alte Herren, die ebenfalls Orden tragen, wie Sie, mein Herr. Der eine hat eine Kutsche, Bediente und gegen fuenfzigtausend Livres Rente. Oft bleiben die alten Herren bis spaet in die Nacht. Uebrigens sind sie recht ruhige Mietleute, wie Sie, mein Herr; aber sparsam; o, ich sage Ihnen, sie leben gleichsam von Nichts!... Wenn ein Brief kommt, so bezahlen sie ihn auf der Stelle. Wunderlich ist es, mein Herr, dass die Mutter anders heisst als die Tochter.... Ach! wenn sie in die Tuilerien gehen, so ueberstrahlt das Fraeulein alle andern jungen Damen, die jungen Herren laufen ihr bis vor das Haus nach, sie aber schlaegt ihnen die Tuer vor der Nase zu. Na, der Hauseigentuemer wuerde aber auch nicht dulden...."

Der Wagen war jetzt angekommen; Hippolyt hoerte nicht weiter auf die alte Schwaetzerin, sondern fuhr sogleich nach Hause. Seine Mutter, der er seinen Ungluecksfall erzaehlte, verband nochmals die Wunde an der Stirn und erlaubte ihm am folgenden Tage nicht, in seine Werkstatt zu gehen. Sie rief einen Arzt herbei; verschiedene Vorschriften wurden von demselben gegeben und Hippolyt blieb zwei Tage zu Hause. Waehrenddessen rief ihm seine unbeschaeftigte Einbildungskraft die Einzelheiten des Auftrittes ins Gedaechtnis zurueck, der sich nach seiner Ohnmacht vor seinen Augen zugetragen hatte. Die Zuege des jungen Maedchens schwebten dabei haeufig an seinen Blicken vorueber und dann sah er das gewelkte Antlitz der Mutter, oder fuehlte noch Adelaidens sanfte Haende. Manchmal erinnerte er sich an eine Bewegung oder einen Blick des Maedchens, das er anfangs unbeachtet gelassen hatte, deren Erinnerung ihm aber jetzt eine seltene Anmut enthuellte; ein andermal erinnerte er sich an eine Stellung oder an den Klang ihrer melodischen Stimme; die Erinnerung verschoenerte die geringsten Zufaelligkeiten aus diesem Abschnitt seines Lebens. Als er am dritten Tage fruehzeitig nach seiner Werkstatt eilte, waren nicht seine begonnenen Gemaelde, sondern der Besuch, den er bei seinen Nachbarinnen abstatten musste, der wahre Grund seiner Eile. In dem Augenblicke, in dem sich eine Liebe aus ihrem Keime entwickelt, werden wir von unerklaerlichen Wonnen ergriffen. Das wissen alle, die je geliebt haben. Mancher Leser wird daher begreifen, weshalb der Maler so langsam die Stufen zum vierten Stock hinanstieg, weshalb sein Herz so schnell und heftig schlug, als er die braune Tuer der bescheidenen Wohnung erblickte, in der er Fraeulein Leseigneur wusste. Dieses Maedchen, das den Namen seiner Mutter nicht fuehrte, hatte tausend Sympathien in dem Herzen des jungen Malers erweckt. Er glaubte, eine Aehnlichkeit zwischen ihrer Lage und der seinigen zu finden, und stattete sie mit allen Leiden seins eigenen Ursprungs aus. Er arbeitet und ueberliess sich dabei wonnigen Gedanken der Liebe, machte in einer Absicht, die er sich selbst nicht besonders zu erklaeren wusste, viel Geraeusch, gleichsam als wolle er die beiden Damen dadurch zwingen, ebenso an ihn zu denken, wie er an sie dachte. Er blieb sehr lange in seiner Werkstatt, speiste dort und begab sich dann gegen sieben Uhr zu seinen Nachbarinnen.

Selten haben uns die Sittenschilderer durch ihre Erzaehlungen oder Schriften in das wahrhaft merkwuerdige Innere eines gewissen Pariser Daseins eingeweiht, in das Geheimnis jener Wohnungen naemlich, aus denen so elegante Toiletten, so strahlende Damen hervorgehen, die, reich nach aussen, zuhause allenthalben die Zeichen eines zweifelhaften Vermoegens erblicken lassen. Wenn wir hier das Gemaelde einer solchen Haeuslichkeit mit raschen Pinselstrichen entwerfen, so beschuldige man die Erzaehlung nicht etwa der Breite; denn diese Beschreibung bildet gewissermassen ein wichtiges Glied der Erzaehlung. Der Anblick der Wohnung, die die beiden Damen innehatten, erzeugte einen bedeutenden Einfluss auf Hippolyt Schinners Gefuehle und Hoffnungen. Zunaechst zwingt uns die geschichtliche Wahrheit zu dem Bekenntnis, dass der Besitzer des Hauses zu jenen Leuten gehoerte, die einen tiefen Abscheu gegen alle Ausbesserungen und Verschoenerungen hegen, zu jenen Maennern, die ihre Stellung als Pariser Hauseigentuemer gleichsam als einen Stand betrachten, der in der grossen Kette der moralischen Spezies zwischen den Geizhaelsen und Wucherern die gerechte Mitte einnimmt. Optimisten durch Berechnung, sind sie saemtlich dem System des Status quo des Herrn von Metternich treu. Spricht man davon, eine Tuer, irgend eine Bekleidung sei zu veraendern oder auch nur die notwendigste Ausbesserung vorzunehmen, so beginnen ihre Augen sich zu trueben, ihre Galle kommt in Aufregung und sie baeumen sich, gleich erschreckten Pferden. Hat der Wind einige Ziegeln von ihren Daechern herabgeworfen, so werden sie krank und vermeiden fuer einige Zeit den Besuch des Theaters oder Bierhauses, um das wieder zu ersparen, was die Ausbesserung kostet.

Hippolyt hatte bei Gelegenheit einiger Ausbesserungen und Verschoenerungen, die in seiner Werkstatt vorzunehmen waren, die Gratisvorstellung einer komischen Szene von seinem Hauswirte bekommen und wunderte sich daher nicht ueber die schwarzen und fetten Toene, ueber die oeligen Faerbungen, ueber die Flecken und das andere widerwaertige Zubehoer, das sich an dem Holzwerk der Wohnung zeigte. Diese Merkmale der Armut sind in den Augen eines Kuenstlers nicht ohne Poesie. Fraeulein Leseigneur oeffnete selbst die Tuer. Als sie den jungen Maler sah, begruesste sie ihn, wandte sich aber mit jener Pariser Gewandtheit und jener durch den Stolz verliebenen Geistesgegenwart um, die Glastuere eines Verschlages zu schliessen, durch die Hippolyt zum Trocknen aufgehaengte Waesche haette sehen koennen, sowie auch ein altes Gurtenbett, ein Kohlenbecken, Kohlen, Plaetteisen und all jenes Geraet, das in kleinen Wirtschaften stets zur Hand ist. Vorhaenge von Musselin, die vor den Glasscheiben der Tuer angebracht waren, verhinderten nun jeden Einblick in dieses "Kapernaum", wie man jetzt in der Sprache von Paris solche Arten von Wirtschafts und Vorratskammern nennt; diese hier wurde durch kleine Fenster erhellt, die auf einen benachbarten Hof fuehrten. Mit jenem grausamen und schnellen Beobachtungsblick, der den Kuenstlern eigen ist, erkannte Hippolyt die Bestimmung, die Moebel und den Zustand dieses ersten Raumes, der in zwei Abteilungen geschieden war. Der bessere Teil, der zu gleicher Zeit als Vorzimmer und Speisesaal diente, war mit einer alten, rosenfarbenen Papiertapete beklebt, deren Flecken und Loecher ziemlich sorgfaeltig unter Bildern versteckt waren, von deren Rahmen das Gold laengst geschwunden. In der Mitte dieses Zimmers stand ein Tisch von altertuemlicher Form und mit abgenutzten Raendern. Die Stuehle zeigten einige Spuren verschwundenen Glanzes; allein der rote Maroquin des Sitzes und die vergoldeten Naegel hatten ebensoviele Wunden, wie die alten Sergeanten des Kaiserreiches. Ueberdies befanden sich in diesem Zimmer noch manche Gegenstaende, die man nur in solchen Wirtschaften antrifft, die man mit Amphibien vergleichen koennte, indem sie halb an den Glanz und halb an das Elend grenzen. So erblickte Hippolyt zum Beispiel ein sehr schoenes Perspektiv, das ueber dem kleinen gruenlichen Spiegel hing, der den Kamin zierte. Um dieses wunderliche Mobiliar vollstaendig zu machen, stand zwischen dem Kamin und dem Verschlag noch ein schlechtes Buffet, das nach Acajou-art angestrichen war, obgleich das Acajou von allen Hoelzern dasjenige ist, dessen Nachahmung am wenigsten gelingt. Der rote und glatte Fussboden, die schlechten kleinen Teppiche, die vor den Stuehlen lagen, die Sauberkeit der Moebel, das alles zeugte jedoch von jener Aufmerksamkeit, die den Altertuemern einen falschen Glanz verleiht, und deren Gebrechlichkeit, Alter und Abgenutztheit nur noch mehr hervorhebt. Es herrschte in diesem Zimmer ein unbeschreiblicher Geruch, der notwendig von den Ausduenstungen des "Kapernaum" in Verbindung mit den Geruechen des Speisezimmers und der Treppe entstehen musste, abschon ein Fenster halb geoeffnet war. Die Luft von der Strasse bewegte die Vorhaenge von Perkal, die mit einer solchen Sorgfalt vorgesteckt waren, dass sie die Fensterbekleidung den Blicken entzogen, denn an dieser hatten alle frueheren Bewohner des Zimmers durch verschiedene Inkrustationen, gewissermassen haeusliche Freskogemaelde, Beweise ihres Daseins zurueckgelassen.

Adelaide oeffnete rasch die Tuer des anderen Zimmers und fuehrte den Maler mit einer gewissen Freude hinein. Hippolyt hatte einst bei seiner Mutter dieselben Zeichen der Armut kennen gelernt, und als er sie jetzt mit jener eigentuemlichen Lebhaftigkeit, die die ersten Eindruecke unseres Gedaechtnisses charakterisiert, wahrnahm, erschlossen sich ihm weit mehr als jedem andern die Einzelheiten dieses Lebens. Er erkannte hier die Dinge seiner Kindheit wieder und empfand weder Verachtung gegen diese versteckte Armut, noch Stolz auf den Luxus, mit dem er neuerdings seine Mutter umgeben hatte."Nun, mein Herr, ich hoffe, dass Sie die Folgen Ihres Sturzes ueberwunden haben!..." sagte die alte Mutter zu ihm, waehrend sie sich aus einem altertuemlichen Armsessel erhob, der neben dem Kamin stand, und ihm einen Stuhl herbeizog. "Vollkommen, meine Dame, und ich komme, Ihnen fuer die Sorgfalt, die Sie mir bewiesen haben, meinen Dank zu sagen, besonders dem Fraeulein, das meinen Fall gehoert hat...."

Hippolyt sprach diese Worte mit jener anmutigen Befangenheit aus, die durch die erste Verwirrung der wahren Liebe hervorgerufen wird, und blickte zugleich das junge Maedchen an; Adelaide zuendete eben eine Schirmlampe an, um einen grossen kupfernen Leuchter entfernen zu koennen, der bisher gebrannt hatte. Sie verneigte sich leicht und trug dann den kupfernen Leuchter in das Vorzimmer, stellte die Schirmlampe auf den Kamin und nahm darauf neben ihrer Mutter, etwas hinter dem Maler, Platz, um ihn nach Gefallen betrachten zu koennen.

Ueber dem Kamine befand sich ein grosser Spiegel, und da Hippolyt fast fortwaehrend seine Augen nach demselben richtete, um Adelaide darin ansehen zu koennen, so diente jene kleine Maedchenlist nur dazu, beide abwechselnd in Verlegenheit zu bringen. Waehrend Hippolyt mit Frau Leseigneur sprach, denn er erteilte auch ihr diesen Namen, pruefte er den Salon, aber auf dezente und verstohlene Weise. Der Herd das Kamins war voll Asche, und auf den Eisenstaeben lagen zwei Feuerbraende, die kaum noch glimmten. Gluecklicherweise lag ein alter und vielfach geflickter Teppich, der abgenutzt war wie der Rock eines Invaliden, auf dem Fussboden und machte gegen dessen Kaelte unempfindlich. Die Waende waren mit einer Tapete bekleidet, die gelbe Zeichnungen auf roetlichem Grunde auswies. In der Mitte der Wand, den Fenstern gegenueber, bemerkte Hippolyt die Spalten einer Tapetentuer, die wahrscheinlich nach einem Alkoven fuehrte, in dem Frau Leseigneur schlief. Ein Kanapee war vor diese geheime Tuer gestellt, verhehlte sie aber nur unvollkommen. Dem Kamine gegenueber sah man eine sehr schoene Komode von Acajou, deren Verzierung es weder an Reichtum noch an gutem Geschmack fehlte. Darueber hing ein Bild, das einen hoeheren Offizier darstellte, doch vermochte der Maler bei der geringen Beleuchtung die Waffengattung nicht zu unterscheiden, der jener angehoerte. Uebrigens war es auch eine schreckliche Kleckserei, die mehr chinesischen als Pariser Ursprungs zu sein schien. Die Vorhaenge der Fenster waren von roter Seide, aber verblichen, wie die Ueberzuege der Stuehle. Auf dem Marmor der Kommode stand ein kostbares Tablett von gruenem Malachit, das ein Dutzend bemalter Kaffeetassen trug, und auf dem Kamine eine Penteluhr, darauf ein Krieger ein Viergespann fuehrte. Die Kerzen der Leuchter, die zu beiden Seiten der Uhr standen, waren durch den Rauch vergilbt. Die beiden Ecken des Kaminsimses trugen eine Vase von Porzellan mit einem Strauss kuenstlicher Blumen, die mit Moos geschmueckt und voll Staub waren. In der Mitte des Zimmers bemerkte Hippolyt einen aufgeklappten Spieltisch mit neuen Karten.

Fuer den Beobachter lag etwas Trostloses in dem Anblick dieses Elends, das sich hinter einem gewissen Glanz zu verstecken suchte, wie eine alte Frau hinter den Spitzen der Haube und der Fuelle falscher Locken die Runzeln ihres Antlitzes zu verbergen bemueht ist. Jeder verstaendige Mann haette sich bei diesem Anblick in einem Dilema befunden: entweder sind diese beiden Frauen die Rechtschaffenheit selbst, oder sie leben von Intrigen und vom Spiel. Wenn aber ein junger und unschuldiger Mann, wie Hippolyt, Adelaide sah, so musste er an die vollkommenste Unschuld glauben und den Maengeln des Mobiliars die ehrenvollsten Ursachen unterlegen.

"Meine Tochter," sagte die alte Dame zu dem jungen Maedchen, "mich friert, heize ein wenig ein und gib mir meinen Schal."

Adelaide ging in eine Kammer, die an das Wohnzimmer stiess, und in der sie ohne Zweifel schlief. Als sie zurueckkehrte, uebergab sie ihrer Mutter einen Schal von Kaschmir, der, als er noch neu war, fuer eine Koenigin nicht zu schlecht gewesen sein mochte. Hippolyt erinnerte sich nicht, je so reiche Farben, ein so vollendetes Muster gesehen zu haben, wie in diesem schoenen Gewebe, allein der Schal war nun alt, hatte seine Frische verloren, war voll geschickt eingesetzter Flicken und harmonierte vollkommen mit dem uebrigen Geraet. Frau Leseigneur huellte sich kunstvoll hinein und in einer Art, die bewies, dass sie wirklich friere. Das junge Maedchen eilte darauf schnell in das "Kapernaum" und kehrte mit einer Hand voll Spaene zurueck, die sie in den Kamin warf, um die erloschenen Braende wieder anzufachen.

Es wuerde eine schwierige Aufgabe sein, die Unterhaltung wiederzugeben, die zwischen den drei Personen stattfand. Geleitet durch jenen Takt, den man fast stets durch Leiden erlangt, unter denen man von Kindheit an geseufzt hat, erlaubte sich Hippolyt nicht die geringste Bemerkung bezueglich der Lage seiner beiden Nachbarinnen, waehrend er allenthalben die Kennzeichen einer grossen und schlecht verhehlten Duerftigkeit erblickte. Auch die einfachste

Frage wuerde unbescheiden gewesen sein und haette nur einem alten Freunde verziehen werden koennen. Dennoch wurde der Maler sehr von diesem verborgenen Elend geruehrt, sein edelmuetiges Herz litt darunter; aber er wusste, dass auch das freundschaftlichste Mitleid beleidigend sein kann, und fand sich daher durch den Missklang beengt, der zwischen seinen Gedanken und seinen Worten bestand. Die beiden Damen errieten gar leicht die geheime Verlegenheit, die durch einen ersten Besuch veranlasst wird, vielleicht, weil sie dieselbe mitfuehlen und die Natur ihres Geistes ihnen tausend Hilfsquellen gewaehrt, um jene Verlegenheit aufzuheben. Adelaide und ihre Mutter fragten den jungen Mann nach dem materiellen Verfahren seiner Kunst und nach seinen Studien, indem sie ihn allmaehlich zum Sprechen aufzumuntern suchten. Die Nichtigkeit ihrer von Wohlwollen beseelten Unterhaltung fuehrte ohne Zwang dahin, dass er Bemerkungen und Reflexionen machte, die die Beschaffenheit seiner Sitten und seiner Seele verrieten.

Die alte Dame mochte einmal schoen gewesen sein, allein ein geheimer Kummer hatte ihr Antlitz vor der Zeit welken lassen, so dass ihr nur noch die hervorspringenden Zuege, die Umrisse, kurz, das Skelett einer Physiognomie uebrig geblieben war, deren Gesamtheit auf eine grosse Feinheit deutete, waehrend besonders das Spiel der Augen viel Anmut und jenen Ausdruck zeigte, der den Damen des alten franzoesischen Hofes eigentuemlich ist, und den man durch Worte nicht zu beschreiben vermag. Allein die Gesamtheit dieser feinen und hervortretenden Zuege konnte ebensogut schlechte Gesinnung verraten, weibliche List und Schlauheit, selbst einen hohen Grad der Verdorbenheit vermuten lassen, als die Zartheit einer schoenen Seele offenbaren. Der gewoehnliche Beobachter geraet vor weiblichen Gesichtern oft in Verlegenheit und weiss die Offenheit von der Verstellung, das Talent der Intrige von der Herzlichkeit nicht zu unterscheiden. Man muss die fast unmerklichen Nuancen zu erraten wissen. Es ist bald eine mehr oder weniger gekruemmte Linie, bald ein mehr oder weniger ausgehoehltes Gruebchen, eine mehr oder weniger gewoelbte oder hervorspringende Biegung, die man zu wuerdigen suchen muss; die Augen allein koennen uns das entdecken lassen, was ein jeder zu verstecken sucht, und die Wissenschaft des Beobachters liegt in der schnellen Wahrnehmungskraft seines Blickes. Es ging demnach mit dem Antlitz der alten Dame wie mit der Wohnung, die sie innehatte; es schien ebenso schwierig zu durchblikken, ob dieses Elend Laster berge oder eine hohe Rechtschaffenheit, sowie es schwierig war, zu erkennen, ob Adelaidens Mutter eine alte Kokette sei, gewoehnt, alles zu erwaegen, alles zu berechnen, alles zu verkaufen, oder ein liebendes und schwaches Weib, voll Anmut und Zartgefuehl. In jenem Alter, in dem Hippolyt Schinner stand, glaubt man aber am liebsten an das Gute, und er glaubte daher gewissermassen den angenehmen und bescheidenen Duft der Tugend einzuatmen, indem er Adelaides Stirn sah und in ihre Augen blickte, die voll Herz und Geist waren. Waehrend der Unterhaltung ergriff er die Gelegenheit, von den Portraets im allgemeinen zu sprechen, um dann zu dem schrecklichen Pastellgemaelde uebergehen zu koennen, von dem die Farben groesstenteils abgefallen waren.

"Sie lieben diese Malerei wohl wegen der Aehnlichkeit, meine Damen, denn die Zeichnung selbst ist schauderhaft ..." sagte er mit einem Blick auf Adelaide.

"Es ist in Kalkutta gemalt, und zwar in grosser Eile!" antwortete die Mutter mit bewegter Stimme. Dann betrachtete sie die formlose Skizze mit jener tiefen Versunkenheit, die die ploetzliche Erinnerung an ein Glueck verraet, das wohltuend fuer das Herz gewesen ist, wie der Tau des Morgens fuer die Blumen des Sommers. Zugleich lagen aber in dem Ausdruck, den die Zuege der alten Dame zeigten, die Spuren einer tiefen Trauer; wenigstens glaubte sich der Maler die Haltung und das Aussehen seiner Nachbarin so erklaeren zu muessen. Er setzte sich neben sie und sagte mit freundschaftlicher Stimme: "Meine Dame, noch kurze Zeit, und die Farben dieses Pastellbildes werden verschwunden sein. Das Portraet wird bald nur noch in Ihrer Erinnerung bestehen, und wo Sie geliebte Zuege erblickten, werden andere nichts mehr wahrnehmen koennen. Wollen Sie mir erlauben, dieses Bild auf die Leinwand zu uebertragen?

So wird es dauerhafter sein, als auf Papier…. Gewaehren Sie mir, als ihrem Nachbar, die Gunst, Ihnen diesen Dienst zu leisten. Es gibt Stunden, waehrend deren ein Kuenstler sich gern von seinen grossen Kompositionen erholt und dagegen eine einfachere Arbeit vornimmt. Es wird eine Zerstreuung fuer mich sein, dieses Bild zu malen."

Die alte Dame wurde lebhaft bewegt durch diese Worte, und Adelaide warf dem Maler einen jener verstohlenen Blicke zu, in denen sich das ganze Herz widerzuspiegeln scheint.

Hippolyt wollte auf irgendeine Weise mit seinen beiden Nachbarinnen in Verbindung treten und das Recht erlangen, an ihrem Leben teilzunehmen. Das einzige aber, was er tun konnte, war jenes Anerbieten; es befriedigte seinen Kuenstlerstolz und hatte nichts Verletzendes fuer die beiden Damen.Frau Leseigneur nahm das Anerbieten an.

"Es scheint mir," sagte Hippolyt, "als ob die Uniform auf einen Marineoffizier deutete?"

"Ja," antwortete sie, "es ist die Uniform der Schiffskapitaene. Herr von Rouville, mein Mann, starb in Batavia an den Folgen einer Wunde, die er in einem Gefecht mit einem englischen Schiffe erhielt, dem er an Asiens Kuesten begegnete. Er befehligte eine Fregatte von sechzig Kanonen, waehrend die Revenge ein Schiff mit sechsundneunzig Kanonen war. Der Kampf war demnach sehr ungleich, aber Herr von Rouville verteidigte sich so mutig, dass er sich bis zum Eintritt der Nacht halten konnte, worauf er seinem Feind durch die Flucht entging. Als ich nach Frankreich zurueckkehrte, war Bonaparte nicht mehr im Besitz der Macht, und man verweigerte mir eine Pension. Als ich abermals um eine solche nachsuchte, entgegnete mir der Minister mit Haerte, dass der Baron von Rouville noch leben und ohne Zweifel Kontreadmiral sein wuerde, wenn er emigriert waere. Ich haette jene demuetigenden Schritte gar nicht getan, haette ich nicht um meiner armen Adelaide willen sie zu tun muessen geglaubt, und waere ich nicht von meinen Freunden dazu veranlasst worden. Was mich betrifft, so widerstrebte es mir stets, meine Hand auszustrecken und mich dabei auf einen Schmerz zu berufen, der einer Gattin weder Kraft noch Worte lassen kann. Ich hasse diesen Geldlohn fuer untadelhaft vergossenes Blut…."

"Meine Mutter, diese Erinnerung erschuettert Dich…." Nach dieser Bemerkung ihrer Tochter neigte die Baronin von Rouville ihr Haupt und schwieg.

"Mein Herr," sagte das junge Maedchen zu Hippolyt, "ich glaubte, die Arbeiten der Maler seien im allgemeinen wenig geraeuschvoll…. Sie scheinen aber…."

Schinner erroetete bei diesen Worten und laechelte; Adelaide endete aber ihre Bemerkung nicht und ersparte ihm eine Luege, indem sie sich bei dem Rollen einer Kutsche, die vor der Tuere anhielt, rasch erhob. Sie ging in ihre Kammer und kehrte sogleich mit zwei vergoldeten Leuchtern zurueck, deren Kerzen sie schnell anzuendete. Die Lampe stellte sie darauf in das Vorzimmer und oeffnete sofort die Tuer, ohne erst zu warten, dass die Klingel gezogen werde. Hippolyt hoerte darauf einen Kuss empfangen und erwidern, und empfand einen peinlichen Schmerz. Der junge Mann erwartete mit Ungeduld den zu erblicken, der Adelaide so vertraulich behandelte; allein die Angekommenen unterhielten sich erst leise mit dem jungen Maedchen. Das Gespraech kam ihm zu lang vor. Endlich erschien sie wieder, und ihr folgten zwei Manner, deren Anzug, Physiognomie und Aussehen eine ganze Geschichte enthielten.

Der erstere mochte etwa sechzig Jahre alt sein und trug eines jener Kleider, die unter der Regierung Ludwig XVIII. erfunden wurden, und in denen der Schneider, der die Unsterblichkeit verdiente, das schwierigste Kleidungsproblem geloest hatte. Dieser Meister verstand sich gewiss auf die Kunst der Uebergaenge, da jene so politisch bewegte Zeit ueberhaupt eine Zeit der Uebergaenge war. Jedesmal aber muessen wir demjenigen ein seltenes Verdienst zuerkennen, der seine Zeit zu beurteilen versteht. Jenes Gewand, an dessen Schnitt sich noch mancher in unserer Zeit erinnert, war weder buergerlich noch militaerisch, konnte aber nach dem Beduerfnis abwechselnd fuer buergerlich und fuer militaerisch gelten. Lilien waren auf die Umschlaege der beiden Schoesse gestickt, die vergoldeten Knoepfe waren gleichfalls mit Lilien geschmueckt, und auf den Schultern erblickte man Knoepfe, um die Epauletten zu befestigen. Hose und Rock des Greises waren von koenigsblauem Tuche, und in dem Knopfloch erblickte man ein Ludwigskreuz. Das entbloesste Haupt des Greises war gepudert, und in der Hand trug er einen dreieckigen Hut. Uebrigens schien er noch so ruestig wie ein Fuenfziger und sich einer kraeftigen Gesundheit zu erfreuen. Seine Zuege deuteten gleichzeitig auf den gesetzten und offenen Charakter der alten Emigranten und auf die freien und leichten Sitten, auf die heitern und sorglosen Leidenschaften jener Musketiere, die vordem in den Jahrbuechern der Galanterie so beruehmt waren. Seine Bewegungen, sein Benehmen deuteten darauf, dass er den Anspruechen seiner Jugend noch nicht entsagt habe und entschlossen sei, weder von seinem Royalismus abzulassen, noch von seiner Religion und seiner Neigung zu Liebeshaendeln.

Ihm folgte eine ganz phantastische Gestalt, die man in den Vordergrund des Gemaeldes heben muesste, um sie richtig zu schildern, die jedoch nur eine Nebenrolle spielt. Man denke sich eine trockene und hagere Person, ebenso gekleidet wie ersterer, aber gewissermassen nur als dessen Widerschein, oder, wenn man lieber will, als dessen Schatten auftretend. Der Rock, der bei jenem neu war, erschien bei diesem abgenutzt, der Puder in den Haaren weniger weiss, die goldenen Lilien weniger glaenzend, der Verstand schwaecher, das Leben dem Endziel naeher gerueckt. Kurz, er verwirklichte auf bewundernswuerdige Weise Rivarols witzigen Ausspruch in Bezug auf Champcenetz: "Er ist mein Mondschein!" Er war nur Doppelgaenger des andern, aber blass und arm, und zwischen beiden war ein Unterschied, wie zwischen dem ersten und dem letzten Abzuge einer Lithographie. Dieser stumme Greis war ein Geheimnis fuer den Maler und blieb auch ein solches, denn er sprach nicht und niemand sprach von ihm. War er ein Freund, ein armer Verwandter, ein Mann, der bei dem alten Stutzer blieb, wie ein Gesellschaftsfraeulein bei einer alten Dame? War er ein Mittelding zwischen Hund, Papagei und Freund? Hatte er das Vermoegen oder auch nur das Leben seines Wohltaeters gerettet? War er der Trim eines neuen Kapitaen Toby? An anderen Orten, als bei der Baronin von Rouville erregte er stets Neugierde, ohne sie je zu befriedigen.

Der Mann, der von den beiden Ruinen am besten erhalten war, ging hoeflich auf die Baronin von Rouville zu, kuesste ihre Hand und setzte sich an ihre Seite; der andere begruesste dieselbe und setzte sich dann neben sein Vorbild. Adelaide stuetzte ihre Ellenbogen auf die Rueckenlehne des Stuhles, den der alte Edelmann eingenommen hatte, und ahmte so, ohne es zu wissen, die Stellung nach, die Guerin auf seinem beruehmten Gemaelde der Schwester Dido's gegeben hat. Die Vertraulichkeit des Edelmanns war die eines Bruders, und er nahm sich gewisse Freiheiten gegen Adelaide heraus, die dem jungen Maedchen fuer den Augenblick zu missfallen schienen.

"Nun, Du schmollst wohl mit mir?" fragte er.

Dann warf er waehrend seines weiteren Gespraechs auf Hippolyt Schinner jene schlauen und feinen Seitenblicke, die echt diplomatische Blicke sind, und deren Ausdruck stets eine kluge Besorgnis verraet.

"Sie sehen hier unsern Nachbarn," sagte die alte Dame, indem sie auf Hippolyt Schinner deutete. "Der Herr ist ein bekannter Maler, dessen Namen Ihnen trotz Ihrer Gleichgueltigkeit gegen die Kuenste bekannt sein muss."

Der Edelmann erkannte die Bosheit seiner alten Freundin darin, dass sie den Namen verschwieg, und begruesste den jungen Mann.

"Gewiss!" sagte er, "ich habe schon viel von Ihren Gemaelden sprechen gehoert…. Das Talent hat schoene Vorrechte, mein Herr," fuhr er dann fort, waehrend er auf Hippolyts rotes Band blickte, "und diese Auszeichnung, die wir durch unser Blut und lange Dienstzeit erwerben muessen, erlangen Sie schon in der Jugend…. Allein die Arten des Ruhms sind Schwestern." Der Edelmann fasste dabei an sein Kreuz des heiligen Ludwig.

Hippolyt stotterte einige Worte des Danks und schwieg dann wieder, indem er sich begnuegte, mit einer stets wachsenden Begeisterung den schoenen jungfraeulichen Kopf zu betrachten, der ihn entzueckte. Bald versenkte er sich ganz und gar in diese Betrachtung und vergass das tiefe Elend, das durch die Wohnung angedeutet wurde, denn fuer ihn war Adelaides Antlitz von einer leuchtenden Atmosphaere umgeben. Er antwortete kurz auf die Fragen, die an ihn gerichtet wurden und die er gluecklicherweise hoerte, denn es ist eine eigentuemliche Faehigkeit unseres Geistes, dass er sich bisweilen gewissermassen verdoppeln kann. Wem ist es nicht schon vorgekommen, dass er in ein angenehmes oder trauriges Nachdenken versunken, die Stimme seines Innern hoerte und doch zu gleicher Zeit an einer Unterhaltung teilnahm oder ein Buch las? Es ist das ein wundersamer Dualismus, der oft dazu beitraegt, dass wir die Langweiligen mit mehr Geduld ertragen. Seine Hoffnung erfuellte ihn mit tausend Gedanken an das Glueck, und er wollte nichts beobachten, was ihn umgab, denn er hatte noch ein kindliches und vertrauensvolles Herz.

Nach Verlauf einiger Zeit bemerkte er, dass die alte Dame und ihre Tochter mit dem alten Edelmann spielten. Der Trabant des Letzteren blieb seinem Stande als Schatten treu, stand hinter seinem Freunde, betrachtete dessen Spiel und antwortete auf die stummen Fragen, die der Spieler an ihn richtete, durch billigende Winke, die nur eine Wiederholung der fragenden Bewegung seiner doppelgaengerischen Verkoerperung waren.

"Ich verliere immer…!" sagte der Edelmann.

"Sie werfen falsch ab…!" anwortete die Baronin von Rouville.

"Seit drei Monaten habe ich Ihnen nicht eine einzige Partie abgewinnen koennen…" sagte er.

"Haben Sie die Ass?" fragte die alte Dame.

"Ja," antwortete er.

"Soll ich Ihnen einen Rat geben?" fragte Adelaide.

"Nein, nein…! Bleib mir gegenueber! Palsambleu! Ich verloere zu viel, wenn ich dich nicht mehr vor mir saehe."

Endlich war das Spiel beendet, der Edelmann zog seine Boerse und warf zwei Louisdor auf den Tisch, waehrend er nicht ohne einigen Unwillen sagte: "Vierzig Franken! Gerade zwei Louis…! Ha! Teufel! Es ist elf Uhr…!" "Es ist elf Uhr…!" wiederholte die stumme Person mit einem Blick auf Hippolyt Schinner.

Der junge Mann hoerte diese Worte etwas deutlicher als alle uebrigen und dachte, dass es Zeit sei, sich zu entfernen. Er kehrte nun in die Welt der gewoehnlichen Ideen zurueck und fand einige Gemeinplaetze, um wieder das Wort nehmen zu koennen, begruesste die Baronin, ihre Tochter, die beiden Unbekannten und ging, waehrend er nur an das erste Glueck der wahren Liebe dachte, ohne dass er sich die kleinen Ereignisse zu erklaeren suchte, die waehrend dieses Abends unter seinen Augen vorgegangen waren. Am folgenden Tage fuehlte der junge Maler die heisseste Sehnsucht, Adelaide wiederzusehen, und waere er seiner Leidenschaft gefolgt, so haette er schon um 6 Uhr morgens, als er nach seiner Werkstatt eilte, seine Nachbarinnen besucht. Er besass indes noch Vernunft genug, um den Nachmittag zu erwarten; sobald er aber glaubte, bei Frau von Rouville eintreten zu duerfen, eilte er die Treppe hinab, klingelte unter lautem Herzpochen und bat Fraeulein Leseigneur, die ihm die Tuer oeffnete, schuechtern um das Bild des Barons von Rouville, waehrend er erroetete, wie ein junges Maedchen.

"Treten Sie doch ein!..." sagte Adelaide zu ihm, die ohne Zweifel Hippolyt bereits die Treppe von seiner Werkstatt herabkommen gehoert und ihm entgegengeeilt war. Der Maler folgte ihr, beschaemt, ausser Fassung, ohne zu wissen, was er sagen sollte, vollkommen verwirrt durch das Glueck, Adelaide zu sehen, das Rauschen ihres Gewandes zu hoeren, nachdem er den ganzen Morgen gewuenscht hatte, in ihrer Naehe zu sein, nachdem er sich hundertmal erhoben hatte, um hinabzueilen.... Das Herz besitzt die wunderbare Macht, auch den unbedeutendsten Dingen einen ausserordentlichen Wert zu verleihen. Welche Freude ist es nicht fuer einen Reisenden, ein Kraut, ein unbekanntes Blatt zu finden, nachdem er sein ganzes Leben an eine solche Nachforschung gewagt hat! Ebenso verhaelt es sich mit den Nichtigkeiten in der Liebe!

Die alte Dame war nicht in dem Salon. Als das junge Maedchen mit dem Maler allein war, brachte es einen Stuhl, um das Bild herabzunehmen; als es aber bemerkte, dass es auf die Kommode treten muesse, um das Bild von dem Nagel abzuhaengen, wandte es sich an Hippolyt und sagte erroetend:

"Ich bin nicht gross genug.... Haetten Sie vielleicht die Guete?"

Ein Gefuehl der Scham, das sich im Ausdruck der Zuege und im Ton der Stimme Adelaidens verriet, war der wahre Grund ihrer Bitte; Hippolyt begriff sie und warf ihr einen jener verstaendigen Blicke zu, die die suesseste Sprache der Liebe sind. Adelaide sah, dass sie von dem Maler verstanden sei und schlug daher ihre Augen mit einer Bewegung des Stolzes nieder, dessen Geheimnis allein die jungen Maedchen besitzen.

Der Maler fand kein Wort zu sagen, war fast eingeschuechtert und nahm das Gemaelde herab, um es mit ernsten Blicken am Fenster zu betrachten. Dann ging er, ohne etwas anderes zu Fraeulein Leseigneur zu sagen, als: "Ich werde es Ihnen bald wiederbringen." Beide hatten waehrend dieses fluechtigen Augenblicks eine von jenen lebhaften Herzensregungen gefuehlt, deren Wirkung auf den Geist mit jener Bewegung verglichen werden kann, die ein Stein hervorbringt, den man in einen See wirft, die suessesten Gedanken entstehen und folgen einander, endlos, vielfach, ohne Ziel, und das Herz, ebenso erregt wie jene kreisfoermigen Wellen, die sich noch lange auf der Oberflaeche des Wassers zeigen und saemtlich von dem Punkte ausgehen, wo der Stein hineingeworfen ist.

Hippolyt Schinner kehrte mit dem Bilde in seine Werkstatt zurueck. Dass eine Leinwand bereits auf der Staffelei lag, dass die Palette bereits mit Farben bedeckt war, dass er die Pinsel gereinigt, zurechtgelegt, und das richtige Tageslicht gewaehlt hatte, brauchen wir wohl nicht erst zu sagen. Bis zur Essenszeit arbeitete er an dem Bilde mit jenem Eifer, den die Kuenstler bei allen ihren Launen beweisen. Abends besuchte er wieder die Baronin von Rouville und blieb von neun bis elf Uhr; ausser eine Abwechslung in den Gegenstaenden der Unterhaltung, glich dieser Abend in allem dem vorhergehenden. Die beiden alten Herren erschienen wieder zu derselben Stunde;

es wurde abermals Pikett gespielt, dieselben Redensarten wurden von den Spielern ausgesprochen; selbst die verlorene Summe war die naemliche; nur war Hippolyt etwas kuehner und wagte mit dem jungen Maedchen zu plaudern.

So vergingen acht Tage, waehrend deren die Gefuehle des Malers und Adelaidens jene wonnigen und suessen Umbildungen erfuhren, durch die die Herzen zu einem vollkommenen Verstaendnis gefuehrt werden. Der Blick, mit dem Adelaide den Maler empfing, wurde von Tag zu Tag inniger, vertrauensvoller, heiterer und offenherziger, ihre Stimme, ihr Benehmen nahm etwas Vertrauliches und Inniges an. Beide lachten, plauderten, teilten sich ihre Gedanken mit und sprachen ueber sich selbst mit der Unschuld zweier Kinder, die in einem Tage mit ihrer Bekanntschaft soweit gediehen, als haetten sie einander seit drei Jahren gekannt. Hippolyt spielte Pikett, aber wie der Greis verlor auch er fast alle Partien. Ohne sich noch ihre Liebe gestanden zu haben, wussten die beiden Liebenden schon, dass sie einander angehoerten. Hippolyt hatte mit Glueck eine gewisse Macht ueber seine schuechterne Freundin erlangt und manche Zugestaendnisse waren ihm durch Adelaide gemacht, die furchtsam und ergeben war, und durch jenes falsche Schmollen getaeuscht wurde, dessen Geheimnis auch der am wenigsten gewandte Liebhaber, die kindlichste Jungfrau besitzt und fortwaehrend anwendet, gleich wie verhaetschelte Kinder die Macht missbrauchen, die ihnen die Liebe ihrer Muetter verleiht. Jene Vertraulichkeit zwischen dem Edelmanne und Adelaide hoerte infolgedessen auf. Das junge Maedchen hatte natuerlicherweise die Traurigkeit des Malers erraten und alle die Gedanken, die in den Falten seiner Stirn verborgen waren oder sich verrieten durch den kurzen Ton der wenigen Worte, die er sprach, wenn der Greis ohne Umstaende Adelaidens Haende oder Hals kuesste. Fraeulein Leseigneur verlangte auch ihrerseits von ihrem Liebhaber eine strenge Rechenschaft ueber seine geringsten Handlungen. Sie war so ungluecklich, so besorgt, wenn Hippolyt nicht kam; sie verstand so allerliebst zu zanken, dass der Maler seine Freunde nicht mehr besuchte und alle anderen Gesellschaften vermied. Adelaide liess die dem weiblichen Geschlecht angeborene Eifersucht durchblicken, als sie erfuhr, dass Hippolyt, wenn er sich um elf Uhr von Frau von Rouville entfernte, bisweilen noch in den glaenzendsten Salons von Paris Besuche abstattete. Anfangs gab sie vor, dass diese Lebensart fuer die Gesundheit nachteilig sei; dann fand sie Gelegenheit, ihm mit jener tiefen Ueberzeugung, der der Ton, das Benehmen und der Blick einer geliebten Person soviel Gewalt verleihen, zu sagen, "dass ein Mann, der verpflichtet sei, zwischen so vielen Frauen seine Zeit und die Anmut seines Geistes zu zersplittern, keiner wahrhaft innigen Zuneigung faehig sei". Nun wurde Hippolyt sowohl durch den Despotismus der Leidenschaft, wie durch die Anforderungen des liebenden jungen Maedchens veranlasst, nur in dieser kleinen Wohnung zu leben, in der ihm alles gefiel. Kurz, nie gab es eine reinere und zugleich heissere Liebe. Von beiden Seiten wurde dasselbe Zutrauen, dasselbe Zartgefuehl gezeigt, so dass diese jungfrauliche Leidenschaft ohne jene Opfer sich entwickelte, durch die sich viele Leute ihre Liebe zu beweisen suchen. Es bestand zwischen ihnen ein bestaendiger Austausch suesser Gefuehle, und sie wussten nicht, wer dabei mehr gab oder empfing; eine unwillkuerliche Neigung verband ihre Herzen immer enger. Die Fortschritte dieses wahren Gefuehls geschahen so schnell, dass schon zwanzig Tage nach dem Zufall, durch den Hippolyt seine junge Nachbarin kennen gelernt hatte, ihr beiderseitiges Leben ein einziges geworden war. Vom fruehen Morgen an, wenn das junge Maedchen die Schritte des Malers hoerte, konnte es sagen: "Er ist in meiner Naehe!" Wenn Hippolyt um die Zeit des Mittagessens zu seiner Mutter zurueckkehrte, so verfehlte er nie, seine Nachbarinnen zu begruessen, und des Abends erschien er zu der gewoehnlichen Stunde mit einer Puenktlichkeit, wie sie nur ein Liebhaber zeigen kann. Ein Maedchen, das die hoechsten Anforderungen in der Liebe stellt, haette dem jungen Maler nicht den geringsten Vorwurf machen koennen. Adelaide genoss daher ein Glueck ohne Truebung und ohne Grenzen, als sie das Ideal verwirklicht sah, das sich jedes junge Maedchen in ihrem Alter traeumt.

Der alte Edelmann erschien jetzt weniger oft, und Hippolyt, der nicht mehr eifersuechtig auf ihn war, ersetzte ihn beim Spiel, aber auch mit stets gleichem Unglueck.

Inmitten seines Gluecks dachte er jedoch an die unangenehme Lage der Frau von Rouville, denn er hatte mehr als einen Beweis ihrer Armut erlangt, und vermochte daher einen unangenehmen Gedanken nicht zu verbannen; schon oefter hatte er beim Gehen gedacht: "Wie! Alle Abend zwanzig Franken!?..." Er wagte indes nicht, sich einen so haesslichen Verdacht einzugestehen.

Hippolyt verwandte einen ganzen Monat auf die Vollendung des Bildes. Als es beendet, gefirnisst und eingerahmt war, betrachtete er es als eines seiner besten Werke. Die Baronin von Rouville hatte nicht wieder mit ihm darueber gesprochen. War es Sorglosigkeit oder Stolz? Der Maler wollte sich dieses Schweigen nicht erklaeren.

Er kam mit Adelaide dahin ueberein, dass er das Bild waehrend der Abwesenheit der Frau von Rouville an seine Stelle haengen wolle. Es wurde dazu der achte Juli gewaehlt, und waehrend eines Spazierganges, den die Mutter taeglich nach den Tuilerien unternahm, begab sich Adelaide allein und zum ersten Male in Hippolyts Werkstatt, unter dem Vorwand, das Bild in der guenstigen Beleuchtung zu sehen, in der es vollendet war. Sie blieb stumm und unbeweglich stehen und versank in eine wonnige Betrachtung, waehrend der alle ihre weiblichen Gefuehle in ein einziges verschmolzen, in die gerechte Bewunderung des geliebten Mannes. Als sich der Maler, beunruhigt durch dieses Schweigen, vorneigte, um dem jungen Maedchen ins Gesicht zu schauen, reichte sie ihm die Hand, ohne ein Wort sagen zu koennen; zwei Traenen rannen aus ihren Augen. Hippolyt ergriff ihre Hand und bedeckte sie mit Kuessen. Einen Augenblick lang betrachteten sie sich schweigend, wollten sich ihre Liebe gestehen und wagten es dennoch nicht. Der Maler hatte Adelaidens Hand in der seinigen behalten und erkannte aus der Gleichheit der Waerme und des Pulsschlages, dass ihre beiden Herzen gleich stark fuer einander schlugen. Das junge Maedchen entfernte sich sanft von Hippolyt und sagte mit einem kindlichen Blick: "Sie werden meine Mutter sehr gluecklich machen!..."

"Wie? Nur Ihre Mutter?" fragte er.

"Oh!... Ich ... ich bin es schon...."

Der Maler senkte seine Blicke und schwieg, erschreckt durch die Heftigkeit der Gefuehle, die diese Worte in seinem Herzen erweckt hatten. Beide begriffen die Gefahr dieses Augenblicks und begaben sich daher hinunter, um das Bild an seinen Platz zu haengen.

Hippolyt speiste zum ersten Mal mit der Baronin und ihrer Tochter. Frau von Rouville war so geruehrt, dass sie dem Maler haette um den Hals fallen koennen. Abends erschien der alte Emigrierte, der ehemalige Kamerad des Barons von Rouville, der mit ihm auf bruederlichem Fusse gelebt hatte, und meldete seinen beiden Freundinnen, dass er zum Kontreadmiral ernannt sei, da man ihm seine Landfahrten durch Deutschland und Russland als ebensoviele im Seedienst verlebte Jahre angerechnet habe. Als er das Bild sah, drueckte er mit Herzlichkeit die Hand des Malers und sagte: "Meiner Treu! Obgleich mein alter Leichnam nicht der Muehe wert ist, fuer die Nachwelt aufbewahrt zu werden, so wuerde ich doch fuenfhundert Louisdor geben, wenn ich mich ebenso getreu dargestellt sehen koennte, wie mein alter Rouville!"

Bei diesem Vorschlag blickte die Baronin ihren Freund an, laechelte und liess auf ihrem Antlitz den Ausdruck eines Dankgefuehls erscheinen. Hippolyt glaubte zu erraten, dass ihm der alte Admiral den Wert fuer beide Bilder geben wolle, indem er das seinige bezahlte, und antwortete, weil sich sein Kuenstlerstolz, sowie auch vielleicht seine Eifersucht bei diesem Gedanken empoerte: "Mein Herr, wenn ich ueberhaupt Portraets malte, so wuerde ich dieses nicht gemacht haben...."

Der Admiral biss sich auf die Lippen und setzte sich an den Spieltisch. Hippolyt blieb der Adelaide, die ihm ebenfalls eine Partie vorschlug, was er auch annahm. Der Maler bemerkte bei Frau von Rouville einen Eifer fuer das Spiel, der ihn ueberraschte. Nie hatte sie so sehr den Wunsch gezeigt, zu gewinnen, und sie gewann. Waehrend dieses Abends beunruhigte ein boeser Verdacht den Maler, stoerte sein Glueck und floesste ihm Misstrauen ein. Frau von Rouville lebte also vom Spiel. Spielte sie nicht in diesem Augenblick, um irgend eine Schuld abzutragen oder durch irgend eine Notwendigkeit gedraengt? Vielleicht hatte sie ihre Miete noch nicht bezahlt? Der Greis schien uebrigens schlau genug zu sein, um sich nicht um nichts und wieder nichts sein Geld abnehmen zu lassen! Welches Interesse konnte den reichen Mann in dieses arme Haus fuehren? Warum war er ehedem so vertraulich gegen Adelaide, und warum hatte er so ploetzlich den Vertraulichkeiten entsagt, die man sich vielfach von ihm gefallen lassen musste?Diese Gedanken kamen ihm unwillkuerlich in den Sinn und veranlassten ihn, mit neuer Aufmerksamkeit den Greis und die Baronin zu beobachten. Ihre Blicke des Einverstaendnisses, die sie von der Seite auf Adelaide und ihn warfen, missfielen ihm. "Sollte man mich hintergehen?" dachte Hippolyt, und es war das fuer ihn ein schrecklicher, ein verletzender Gedanke, den er trotzdem nicht verscheuchen konnte. Um vielleicht eine Gewissheit zu erlangen, blieb er bis zuletzt. Er hatte hundert Sous verloren und seine Boerse gezogen, um Adelaide zu bezahlen. Doch von seinen peinigenden Gedanken ueberwaeltigt, legte er seine Boerse auf den Tisch. Als er aus seinem Nachdenken wieder erwachte, schaemte er sich ueber sein Schweigen, dachte aber nicht mehr an seine Boerse, sondern erhob sich, antwortete auf eine gleichgueltige Frage, die Frau von Rouville an ihn richtete, und trat ihr naeher, um beim Sprechen ihre alten Zuege besser pruefen zu koennen. Von einer peinigenden Ungewissheit ergriffen, entfernte er sich, doch war er kaum einige Stufen der Treppe hinabgeeilt, als er sich erinnerte, seine Boerse auf dem Tisch liegen gelassen zu haben, und er kehrte zurueck.

"Ich habe meine Boerse bei Ihnen vergessen," sagte er zu Adelaide. "Nein ..." anwortete sie erroetend.

"Ich glaubte sie hier zu finden!" Er zeigte bei diesen Worten auf den Spieltisch, schaemte sich aber im Herzen des jungen Maedchens und der Baronin, als er seine Boerse nicht erblickte, und sah die beiden Frauen auf eine so verlegene Weise an, dass diese lachten. Dann erbleichte er und sagte: "Ach, nein, ich habe mich getaeuscht!... Ich habe die Boerse." Er empfahl sich und ging. In einem Abteil der Boerse befanden sich dreihundert Franken in Gold und in dem anderen einige kleine Muenzen. Der Diebstahl war so klar, auf eine so kecke Weise geleugnet, dass Hippolyt keinen Zweifel ueber die Moralitaet seiner Nachbarinnen mehr hegen konnte. Er blieb auf der Treppe stehen, stieg mit Muehe hinab, seine Beine zitterten, Schwindel ergriff ihn, kalter Schweiss trat ihm auf die Stirn, und er fuehlte sich ausserstande, zu gehen und die heftige Aufregung zu ertragen, die der Zusammenbruch aller seiner Hoffnungen in ihm hervorgerufen hatte.

Er erinnerte sich jetzt einer Menge von Beobachtungen, die anscheinend geringfuegig waren, aber dennoch den schrecklichen Verdacht bestaerkten, der ihn ergriffen hatte, und ihm die Augen inbezug auf den Charakter und das Leben der beiden Frauen oeffnete. Sie hatten also gewartet, bis das Bild beendet und uebergeben war, ehe sie ihm die Boerse raubten!?...

Der Diebstahl erschien noch haesslicher, indem er sich als ein berechneter herausstellte. Der Maler erinnerte sich zu seinem Kummer, dass Adelaide schon seit zwei oder drei Abenden mit maedchenhafter Neugierde die kunstreiche Filetarbeit der abgenutzten seidenen Boerse betrachtet habe; allein wahrscheinlich nur, um sich zu ueberzeugen, wieviel Geld in dem Beutel enthalten sei. Die anscheinend unschuldigen Scherze, die sie dabei machte, bezweckten wahrscheinlich nur, den Augenblick zu erspaehen, wo die Summe gross genug sein wuerde, um eines Diebstahls wert zu sein."Der alte Admiral hat vielleicht seine guten Gruende, Adelaide nicht zu heiraten, und die Baronin wird daher versucht haben, mich...." Er wollte eine Vermutung aussprechen, unterbrach sich aber und vollendete seinen Gedanken nicht, da derselbe zudem durch eine ganz richtige Betrachtung widerlegt wurde. "Wenn die Baronin," dachte er naemlich, "mich mit ihrer Tochter haette verheiraten wollen, so wuerde man mich nicht bestohlen haben...." Um nicht ganz aus seinen Illusionen gerissen zu werden, versuchte dann seine Liebe, die bereits so tief eingewurzelt war, in einem Zufall irgend eine Rechtfertigung zu finden. "Meine Boerse kann auf die Erde gefallen sein," dachte er, "sie kann vielleicht auf meinem Stuhle liegen geblieben sein. Ich habe sie vielleicht in meiner Zerstreuung in die Tasche gestickt...." Und er durchsuchte hastig alle seine Taschen, fand aber nirgends die verwuenschte Boerse. Sein grausames Gedaechtnis bestaetigte ihm nur die betruebende Wahrheit. Er sah deutlich seine Boerse auf dem Tische liegen, zweifelte nicht mehr an dem Diebstahl, entschuldigte aber dennoch Adelaide, indem er dachte, dass man Unglueckliche nicht zu schnell richten duerfe, dass ohne Zweifel irgend ein Geheimnis dieser dem Anschein nach ehrlosen Handlung zugrunde liege. Es wollte ihm nicht in den Sinn, dass ein so edles und stolzes Antlitz Luege sein koenne. Dennoch erschien ihm jetzt die armselige Wohnung als vollkommen entbloesst von der Poesie der Liebe, die alles verschoenert; er sah sie jetzt schmutzig, verwohnt, und betrachtete sie als die Darstellung eines Lebens ohne Adel, ohne edle Handlungen, denn unsere Gefuehle sind gewissermassen den Dingen aufgepraegt, die uns umgeben.

Am folgenden Morgen erhob er sich, ohne geschlafen zu haben. Der Schmerz seines Herzens, diese schwere moralische Krankheit, hatte furchtbare Fortschritte bei ihm gemacht. Ein getraeumtes Glueck zu verlieren, einer ganzen Zukunft zu entsagen, dies ist ein Leiden, bitterer als jedes andere, das durch den Untergang eines genossenen Gluecks veranlasst wird, wie vollkommen dasselbe auch sein mochte. Die Gedanken, denen sich dann ploetzlich unser Geist ueberlaesst, gleichen einem Meer ohne Ufer, in dem unsere Liebe sich zwar einen Augenblick schwimmend erhalten kann, aber dennoch endlich untergehen und ertrinken muss. Das ist ein schrecklicher Tod: sind nicht die Gefuehle der glaenzendste Teil unseres Lebens? Aus diesem teilweisen Tode entspringen bei gewissen zarten oder starken Konstitutionen die grossen Verheerungen, die durch die Entzauberung durch getaeuschte Hoffnungen und Leidenschaften hervorgebracht werden.

So ging es Hippolyt. Am fruehen Morgen ging er aus und wandelte in dem kuehlen Schatten der Tuilerien, waehrend er in seine Gedanken versank und alles in der Welt vergass. Ein Zufall, der gar nichts Ungewoehnliches hatte, liess ihn einen seiner vertrautesten Freunde treffen, der auf dem Kollegium und in der Malschule sein Kamerad gewesen war, mit dem er vertrauter gelebt hatte, als man mit einem Bruder zu leben pflegt. "Was fehlt Dir?" fragte Daniel Vallier, ein junger Bildhauer, der kuerzlich den ersten Preis erlangt hatte und naechstens nach Italien reisen sollte. "Ich bin sehr ungluecklich ..." antwortete Hippolyt ernst.

"Nur eine Herzensangelegenheit kann Dich so sehr bekuemmern, denn an Geld, Ruhm und Ansehen fehlt es Dir nicht." Allmaehlich entspann sich ein vertrautes Gespraech, und der Maler gestand seine Liebe. Als Hippolyt von der Rue de Suresne und von einem jungen Maedchen erzaehlte, das in einem vierten Stock wohnte, da rief Daniel mit ungewoehnlicher Heiterkeit aus: "Halt! das ist das junge Maedchen, das ich jeden Morgen in der Assomption sehe und dem ich den Hof mache. Aber, mein Lieber, die kennen wir alle! Ihre Mutter ist eine Baronin! Glaubst Du denn an Baroninnen, die im vierten Stock wohnen?... Brr!... Du bist ein guter Junge, der noch im goldenen Zeitalter lebt!... Wir sehen die alte Mutter alle Tage in dieser Allee; allein sie hat ein

Antlitz und eine Haltung, die alles erraten lassen…. Wie! hast Du an der Art, wie sie ihren Strickbeutel haelt, nicht schon erkannt, was sie ist?"

Die beiden Freunde lustwandelten lange Zeit, und mehrere junge Maenner, die entweder Daniel oder Hippolyt kannten, gesellten sich zu ihnen. Der Bildhauer erzaehlte ihnen das Abenteuer des Malers, weil er es fuer sehr unwichtig hielt. Nun wurden Bemerkungen vorgebracht, Spoetteleien wurden unschuldig und mit der ganzen Heiterkeit, die Kuenstlern eigen ist, zum besten gegeben. Hippolyt litt furchtbar darunter. Er schaemte sich, als er das Geheimnis seines Herzens so leichtsinnig behandelt, seine Liebe in Fetzen zerrissen sah, als er hoerte, dass man ein junges unbekanntes Maedchen, dessen Leben ihm so bescheiden geschienen hatte, den ruecksichtslosesten Beurteilungen unterwarf, mochten dieselben richtig sein oder falsch. Aus einem Gefuehl des Widerspruchs verlangte er ernstlich von einem jeden Beweis fuer seine Behauptungen; doch gab dies nur Anlass zu neuen Spoettereien.

"Aber, mein lieber, hast Du den Shawl der Baronin gesehen?" fragte einer.

"Hast Du die Kleine gesehen, wenn sie des Morgens nach der Assomption geht?" fragte ein anderer.

"Die Mutter besitzt unter anderen Tugenden auch ein gewisses graues Kleid, das ich als einen Typus betrachte."

"Hoere, Hippolyt …" sagte ein Kupferstecher, "komm um vier Uhr hierher und beobachte ein wenig den Gang der Mutter und der Tochter…. Wenn Du dann noch Zweifel hast … nun, dann wird im Leben nichts aus Dir…. Du waerest faehig, die Tochter Deiner Tuersteherin zu heiraten."

Hippolyt wurde von den widerstreitendsten Gefuehlen ergriffen und verliess seine Freunde. Adelaide erschien ihm ueber alle Anklagen erhaben, und er empfand im Innersten seines Herzens eine gewisse Reue, dass er an der Reinheit eines so schoenen und einfachen jungen Maedchens gezweifelt habe. Er kehrte nach seiner Werkstatt zurueck, ging an der Tuer vor Adelaides Wohnung vorueber und fuehlte einen inneren Schmerz, hinsichtlich dessen sich kein Mann taeuscht. Er liebte Fraeulein von Rouville leidenschaftlich und betete sie selbst jetzt noch an, ungeachtet des Diebstahls seiner Boerse. Seine Liebe war wie die des Chevaliers Desgrieux, der seine Geliebte selbst auf dem Karren, der die verlorenen Weiber in das Gefaengnis faehrt, noch bewunderte und fuer rein hielt. "Warum sollte sie nicht durch meine Liebe das reinste von allen weiblichen Wesen werden!… Warum sollte ich sie dem Unglueck und dem Laster ueberlassen, ohne ihr eine freundschaftliche Hand zu reichen!?…" Diese Aufgabe gefiel ihm, denn die Liebe weiss alles zu benutzen, und nichts lockt einen jungen Mann mehr, als die Aussicht, bei einem jungen Maedchen die Rolle eines guten Engels spielen zu koennen. Es liegt etwas Romantisches in diesem Unternehmen, das empfindsamen Seelen so sehr gefaellt. Es ist Aufopferung in ihrer erhabensten und anmutigsten Form; es liegt soviel geistige Groesse darin, sich bewusst zu sein, dass man hinreichend liebt, um selbst da noch zu lieben, wo bei anderen die Liebe erlischt und stirbt!

Hippolyt begab sich in seine Werkstaette und betrachtete seine Gemaelde, ohne daran zu arbeiten; er erblickte die Gestalten nur durch die Traenen, die ihm in die Augen traten, hielt fortwaehrend seinen Pinsel in der Hand und naeherte sich der Leinwand, beruehrte sie aber nicht. Die Nacht ueberraschte ihn in seinen Traeumereien; er eilte die Treppe hinab, begegnete dem alten Admiral, warf ihm einen finsteren Blick zu, waehrend er ihn begruesste, und eilte hinweg. Es war seine Absicht gewesen, bei seinen Nachbarinnen einzutreten, aber der Anblick von Adelaides Goenner liess ihm das Herz erstarren und ihn seinen Entschluss aufgeben. Er fragte sich zum hundertsten Male, was den alten reichen Mann, der fuenfzigtausend Livres Renten hatte, so unwiderstehlich in jenen vierten Stock ziehe, wo er alle Abende zehn bis zwanzig Franken verlor, und er erriet seinen Zweck.

An den folgenden Tagen widmete sich Hippolyt mit allem Eifer seinen Arbeiten, um durch diese und durch die Ablenkung seiner Phantasie auf einen anderen Gegenstand seine Leidenschaft zu bekaempfen. Seine Absicht gelang ihm zur Haelfte; die Arbeiten troesteten ihn, vermochten aber die Erinnerung an so viele glueckliche Stunden, die er neben Adelaide verlebt hatte, nicht zu verbannen. Als er an einem der naechsten Abende seine Werkstatt verliess, fand er die Tuer zu der Wohnung der beiden Damen halb geoeffnet.

Eine weibliche Gestalt stand in der Bruestung des Fensters, und er konnte nicht voruebergehen, ohne von Adelaide gesehen zu werden. Er begruesste sie kalt und warf ihr einen gleichgueltigen Blick zu, schloss dann aber von seinem Kummer auf den des jungen Maedchens und fuehlte eine heftige Ruehrung, als er die ganze Bitterkeit erwog, die sein Blick und seine Kaelte in einem liebenden Herzen hervorbringen mussten.

Eine Wonne, wie die beiden sie genossen, durch so tiefe Vernachlaessigung, durch so tiefe Verachtung zu kroenen, das war in der Tat ein schreckliches Ende!

Vielleicht hatten sie die Boerse wiedergefunden, vielleicht hatte Adelaide an jenem Abend ihren Freund erwartet! Dieser Gedanke, der so einfach und natuerlich war, erweckte bei Hippolyt eine neue Reue, und er fragte sich, ob die Beweise von Zartgefuehl und Anhaenglichkeit, die ihm das Maedchen gegeben hatte, ob die reizenden und liebevollen Plaudereien, die ihn entzueckt hatten, nicht wenigstens eine Frage, eine Rechtfertigung verdienten. Er schaemte sich, eine ganze Woche lang den Wuenschen seines Herzens widerstanden zu haben, betrachtete sich fast als den schuldigen Teil und begab sich noch an demselben Abend zu Frau von Rouville. Sein ganzer Verdacht, alle seine boesen Gedanken entschwanden bei dem Anblick des jungen Maedchens, das bleich und abgehaermt erschien.

"Was fehlt Ihnen?" fragte er, nachdem er die Baronin begruesst hatte. Adelaide antwortete ihm nicht, sondern richtete nur einen schwermutsvollen, traurigen und entmutigten Blick auf ihn, der ihm wehe tat.

"Sie haben ohne Zweifel viel gearbeitet?" fragte die alte Dame; "Sie haben sich sehr veraendert, und wir sind gewiss die Ursache, weshalb Sie sich jetzt so bestaendig in Ihrer Werkstaette einschliessen. Das fuer uns gemalte Bild hat wahrscheinlich einige Arbeiten verzoegert, die fuer Ihren Ruf von Wichtigkeit sind."

Hippolyt freute sich, eine so schoene Entschuldigung seiner Unhoeflichkeit zu finden. "Ja," antwortete er, "ich bin sehr fleissig gewesen, aber ich habe auch viel gelitten...." Bei diesen Worten erhob Adelaide den Kopf und blickte Hippolyt an; ihre Augen drueckten nur noch Sorge aus, aber keinen Vorwurf mehr.

"Haben Sie denn gedacht, wir waeren so gleichgueltig gegen Ihr Glueck oder Ihr Unglueck?" fragte die alte Dame.

"Ich habe Unrecht gehabt!" versetzte Hippolyt; "aber dennoch gibt es Leiden, die man nicht mitzuteilen wagt, selbst dann nicht, wenn die Freundschaft bereits aelter ist als die unsrige."

"Aufrichtigkeit und Staerke der Freundschaft duerfen nicht nach der Dauer der Zeit gemessen werden. Es gibt alte Freunde, von denen der eine nicht einmal eine Traene fuer das Unglueck des andern hat," sagte die Baronin.

"Aber was fehlt Ihnen?" wandte sich Hippolyt an Adelaide.

"Oh, gar nichts," antwortete die Mutter. "Sie hat einige Naechte bei einer weiblichen Arbeit gesessen und nicht auf mich hoeren wollen, obgleich ich ihr sagte, dass es auf einen Tag mehr oder weniger nicht ankomme."

Hippolyt verlor sich abermals in wunderlichen Gedanken. Wenn er diese edlen und ruhigen Zuege betrachtete, so musste er ueber seinen Verdacht erroeten und den Verlust seiner Boerse irgend einem unbekannten Zufall zuschreiben.

Dieser Abend war ein koestlicher fuer ihn, und vielleicht auch fuer Adelaide. Es gibt Geheimnisse, die jugendliche Herzen so leicht erraten; das junge Maedchen erriet jedenfalls die Gedanken des Malers. Der Maler dagegen erriet die Gedanken des Maedchens, kehrte liebevoller und freundlicher zu seiner Geliebten zurueck und suchte sich eine stillschweigende Verzeihung zu erwerben. Adelaide genoss dagegen so vollkommene, so suesse Freuden, dass es ihr schien, als habe sie dieselben nicht zu teuer durch das Unglueck erkauft, das ihre Liebe so grausam verletzt hatte. Dieser so aufrichtige Einklang ihrer Herzen, dieses zauberische gegenseitige Verstaendnis wurde dennoch durch eine Bemerkung der Baronin von Rouville gestoert.

"Lassen Sie uns ein Spielchen machen," sagte sie zu Hippolyt.

Diese Worte erweckten alle Befuerchtungen des jungen Mannes von neuem. Er erroetete, waehrend er Adelaidens Mutter anblickte, bemerkte aber auf ihrem Antlitz nur den Ausdruck einer untruegerischen Herzensguete. Er setzte sich an den Spieltisch, und Adelaide wollte mit ihm in Gemeinschaft spielen, indem sie vorgab, dass er das Pikett nicht verstehe und daher eines Partners beduerfe. Frau von Rouville und ihre Tochter gaben sich waehrend des Spieles Zeichen des Einverstaendnisses, die Hippolyt umsomehr beunruhigten, da er der gewinnende Teil war; zuletzt aber wurden die beiden Liebenden Schuldner der Baronin, und der Maler hob seine Hand empor, um Geld aus seiner Tasche zu nehmen. Da sah er ploetzlich eine Boerse vor sich, die Adelaide dort hingelegt hatte, ohne dass er es bemerkte; sie aber hielt seine alte Boerse in der Hand und nahm Geld daraus, um ihre Mutter zu bezahlen. Hippolyt fuehlte, wie ihm alles Blut zum Herzen stroemte und er nahe daran war, das Bewusstsein zu verlieren. Die neue Boerse, die ihm anstatt der alten gegeben war, enthielt sein Geld; sie war mit Goldperlen durchwirkt, und alles an derselben war ein Beweis von Adelaidens gutem Geschmack. Es war dies ein entzueckender Dank des jungen Maedchens. Es war unmoeglich, auf eine zartere Weise zu erkennen zu geben, dass das Geschenk des Malers nur durch ein Pfand der Zaertlichkeit belohnt werden koenne. Als Hippolyt im Uebermass seines Glueckes seine Augen auf Adelaide und die Baronin richtete, sah er beide vor Freude zittern und befriedigt, dass ihnen ihr Betrug so schoen gelungen war. Nun fand er sich selbst kleinlich, veraechtlich, albern und haette sich strafen moegen; aber ein paar Traenen traten ihm in die Augen, unwiderstehlich zwang ihn sein Herz, sich zu erheben, Adelaide in seine Arme zu nehmen, an seine Brust zu druecken, ihr einen Kuss zu rauben und dann mit der Aufrichtigkeit eines Kuenstlers zu der Baronin zu sagen: "Ich erbitte sie mir zur Gattin".

Adelaide warf dem Maler einen halb zuernenden Blick zu, und Frau von Rouville suchte in ihrer Bestuerzung nach einer Antwort, als diese Szene durch ein ploetzliches Klingeln unterbrochen wurde. Der alte Admiral erschien, gefolgt von seinem Schatten und von Frau Schinner.

Hippolyts Mutter hatte den Grund des Kummers erraten, den ihr Sohn ihr vergebens zu verbergen suchte, und bei einigen ihrer Freunde Erkundigungen ueber das junge Maedchen, das er liebte, eingezogen. Als sie dann in gerechte Besorgnisse durch die Verleumdungen ueber Adelaide versetzt war, hatte sie dieselben auch dem alten Emigrierten mitgeteilt, der in seinem Zorne sagte, dass er "den Neidhammeln die Ohren abschneiden werde". In seinem Zorneseifer verriet er Frau Schinner dann auch noch, dass er absichtlich beim Spiel verliere, weil der Stolz der Baronin es ihm nicht erlaube, sie auf andere Weise zu unterstuetzen.

Als Frau Schinner Frau von Rouville begruesst hatte, blickte diese den Kontreadmiral, Adelaide und Hippolyt an und sagte mit unaussprechlicher Herzensguete: "Nun sind wir also heute abend im Familienkreise."

EHELICHER FRIEDEN

Unsere Erzaehlung spielt in der Zeit, in der Napoleons vergaengliche Herrschaft den hoechsten Gipfel ihres Glanzes und ihrer Macht erreicht hatte. Es war gegen Ende des Monats November 1809. Der Kanonendonner und das Trompetengeschmetter der beruehmten Schlacht bei Wagram hallte noch im Herzen der oesterreichischen Monarchie wieder. Der Friede war zwischen Frankreich und den Maechten des Festlandes unterzeichnet, Koenige und Fuersten demuetigten sich vor Napoleon, der sich die Freude machte, ganz Europa in seinem Gefolge zu sehen und eine prachtvolle Vorfeier der Macht zu veranstalten, die er spaeter in Dresden entfalten sollte.

Die Zeitgenossen behaupten, dass Paris nie schoenere Feste gesehen habe, als jene, die der Vermaehlung Napoleons mit einer Erzherzogin von Oesterreich vorangingen und ihr folgten. Nie hatten sich in den schoensten Tagen der aelteren Monarchie so viele gekroente Haeupter an den Ufern der Seine gedraengt, nie war die franzoesische Aristokratie reicher und glaenzender erschienen als damals. Diamanten waren mit einer solchen Verschwendung in Schmuckstuecken zur Schau getragen, Gold und Silber strahlte von so vielen Uniformen wieder, dass es schien, als waeren alle Reichtuemer des Erdballs in den Salons von Paris angehaeuft worden.

Eine allgemeine Trunkenheit hatte sich gewissermassen des ganzen Reiches bemaechtigt, und alle Soldaten, den Herrn nicht ausgenommen, erfreuten sich als Emporkoemmlinge der Schaetze, die eine Million von Kriegern im Auslande zusammengerafft hatte.

Einige Damen aus den hoeheren Sphaeren der Gesellschaft trugen damals jene leichten Sitten und jene Lockerung der Moral zur Schau, die ehemals der Regierungszeit Ludwigs XV. den Stempel der Schande aufgedrueckt hatten. Wollten sie den alten Ton der gesunkenen Monarchie nachahmen oder wollten sie das Beispiel befolgen, das gewisse Mitglieder der kaiserlichen Familie gegeben hatten, wie einige Haeupter der Vorstadt Saint-Germain behaupteten, so viel ist gewiss, dass sich alle, Maenner und Frauen, mit einer Unerschrockenheit in den Strudel der Genuesse stuerzten, die an das Ende der Welt haette glauben lassen koennen. Allein es gab damals einen besonderen Grund fuer diese Freisinnigkeit. Die Vorliebe des weiblichen Geschlechts fuer die Krieger war zu einer Art von Wahnsinn geworden. Diese Begeisterung, die den Wuenschen Napoleons zusagte, wurde durch keine Zuegel gehemmt. Der Kaiser liess seinen Armeen selten Ruhe und die vorgeblichen Leidenschaften jener Zeit entwickelten sich daher mit einer ziemlich erklaerlichen Schnelligkeit; die Ehen wurden auf eine so rasche Weise eingegangen, wie das oberste Haupt der Kolbacs, der Dolmans und der Epauletten, von denen die Frauen so sehr entzueckt waren, selbst rasch in seinen Entscheidungen war. Die Herzen waren damals nomadisch, wie die Armeen. Die haeufigen Friedensbrueche, die alle zwischen Europa und Frankreich abgeschlossenen Buendnisse nur als Waffenstillstand erscheinen liessen, fuehrten ebenso haeufige Trennungen zwischen den Kriegern und ihren Gattinnen herbei. In der Zeit von einem ersten bis zu einem fuenften Bulletin der grossen Armee sah sich daher manches Weib als Braut, Gattin, Mutter und Witwe.

War es die Aussicht auf eine nahe Witwenschaft, die Aussicht auf Mitgift, oder die Hoffnung, den Glanz eines historischen Namens zu teilen, durch welche die Krieger so verfuehrerische Reize fuer das weibliche Geschlecht erlangten? Wurde das schoene Geschlecht durch die Gewissheit, dass die Toten das Geheimnis der Leidenschaften nicht ausplaudern koennen, zu den Kriegern hingezogen? Oder muss man die Ursache fuer jenen suessen Fanatismus in dem edlen Reize suchen, den der Mut fuer das weibliche Geschlecht besitzt?

Vielleicht waren es diese Gruende zusammengenommen, die der kuenftige Geschichtsschreiber der Sitten des Kaiserreichs ohne Zweifel erwaegen muss, vielleicht trugen alle jene Gruende zu dem Leichtsinn bei, mit dem sich die Damen der Liebe und der Ehe ueberlieferten. Wie dem auch sein mochte, es mag hinreichen, dass wir hier bemerken, wie durch den Ruhm und die Lorbeeren so manche Fehler geweckt wurden, wie das weibliche Geschlecht mit Eifer jene kuehnen Abenteurer aufsuchte, die ihm damals als wahre Quellen der Ehre, der Reichtuemer und der Freuden erschienen, und wie damals eine Epaulette in den Augen eines jungen Maedchens einer Hieroglyphe glich, die Glueck und Freiheit bedeutete. Ein Zug, der jene Epoche charakterisiert, war eine gewisse zuegellose Leidenschaft fuer alles Glaenzende. Nie wurden so viele Feuerwerke veranstaltet; zu keiner Zeit hatten die Diamanten einen so hohen Wert erreicht. Die Maenner waren ebenso begierig nach jenen klaren Kieseln wie die Frauen und schmueckten sich mit ihnen, gleich diesen. Vielleicht hatte der Wunsch, die gemachte Beute in der leichtesten Gestalt mit sich fuehren zu koennen, die Juwelen bei der Armee in ein so hohes Ansehen gebracht. Der Mann erschien damals nicht so laecherlich, wie das jetzt der Fall sein wuerde, wenn die Krause seines Hemdes oder die Finger den Blicken schwere Diamanten darboten, und Murat, dieser echte Suedlaender, hatte den Soldaten das Beispiel eines abgeschmackten Luxus gegeben.

Der Graf von Gondreville, einer der Luculle jenes erhaltenden Senats, der nichts erhielt, hatte nur darum so lange gezoegert, ein Fest zu Ehren des Friedens zu veranstalten, um desto glaenzender Napoleon den Hof zu machen und alle die Schmeichler zu ueberstrahlen, die ihm zuvorgekommen waren. Die Gesandten aller mit Frankreich befreundeten Maechte, die wichtigsten Persoenlichkeiten des Kaiserreichs, selbst einige Fuersten waren in dem prachtvollen Hotel des reichen Senators versammelt. Wenn der Tanz noch nicht in Schwung kommen wollte, so ruehrte das daher, weil man auf den Kaiser wartete; denn dieser hatte versprochen, dass er erscheinen werde, und haette gewiss sein Wort gehalten, waere nicht an demselben Abende zwischen ihm und Josephine ein Auftritt vorgefallen, der die Scheidung des gekroenten Gattenpaares voraussehen liess. Die Nachricht von jenem unangenehmen Auftritt war noch nicht bis zu den Ohren der Hofleute gelangt, und auf die Heiterkeit des Festes, das der Graf von Gondreville gab, hatte daher nur der eine Umstand Einfluss, dass Napoleon nicht erschien. Die schoensten Frauen von Paris hatten sich in den geschmueckten Salons eingefunden, um durch die Ueppigkeit ihres Schmuckes und ihrer Schoenheit vor den Augen des Kaisers zu glaenzen.

Die auf ihre Reichtuemer stolze Finanzwelt ueberstrahlte die glaenzenden Generaele und hohen Offiziere des Kaiserreichs, die mit Kreuzen der Ehrenlegion und Titeln ueberhaeuft waren; denn solche Feierlichkeiten waren stets Gelegenheit, die von den reichen Familien ergriffen wurden, um ihre Erbinnen den Augen der napoleonischen Praetorianer vorzufuehren, in der Hoffnung, dass diese ihre Titel mit der prachtvollen Ausstattung der Erbinnen verbinden wuerden. Diejenigen Damen, die sich nur hinsichtlich ihrer Schoenheit stark wussten, erschienen ebenfalls, um die Macht ihrer Reize zu versuchen. Es war dort, wie fast ueberall, die Freude nur eine Maske. Die heiteren und lachenden Gesichter, die ruhigen Stirnen verdeckten gehaessige Berechnungen. Die Freundschafts- bezeigungen logen, und mehr als einer misstraute seinen Feinden weniger als seinen Freunden.

Diese kurzen Bemerkungen sind bestimmt, nicht nur die kleinen Verwicklungen des Auftritts, der sich vor unseren Augen entfalten wird, zu verraten, sondern auch das Fest einigermassen kennen zu lernen, bei dem sie sich ereigneten. Zugleich wollten wir den Ton schildern, der damals in den Salons von Paris herrschte, und das bisherige darf daher gewissermassen nur als eine Vorrede oder als ein geschichtlicher Prolog betrachtet werden, den die andersgestalteten heutigen Sitten erforderten.

"Schauen Sie einmal nach jener gebrochenen Saeule, die einen Kandelaber traegt! Sehen Sie die junge Dame, deren Haar nach chinesischer Art geflochten ist? Dort, links in der Ecke! Sie hat blaue Glockenblumen in dem Busche kastanienbrauner Haare, die in Garben ueber ihren Kopf herabfallen. Sehen Sie sie nicht? Sie ist so bleich, dass man glauben sollte, sie sei krank. Sie ist eine allerliebste Kleine. Jetzt richtet sie die Augen gerade auf uns. Ihre blauen Augen, die mandelartig gespalten sind und suess zum Entzuecken, scheinen ganz besonders zum Weinen geschaffen. Aber sehen Sie doch! Jetzt beugt sie sich, um Madame Vaudremont durch die Masse von Koepfen hindurch zu erblicken, die in bestaendiger Bewegung sind und ihr die Aussicht abschneiden...."

"Ja, jetzt habe ich sie, mein Lieber!... Du haettest sie mir nur als die bleichste von allen hier versammelten Damen bezeichnen sollen, so wuerde ich sie schon erkannt haben, denn ich habe sie bereits bemerkt. Sie hat den schoensten Teint, den ich je bewundert habe. Von hier aus duerftest Du wohl die weisse Haut ihres Halses nicht genau sehen koennen und die Perlen nicht, die die Saphire ihres Halsschmuckes unterbrechen. Aber von hier aus scheint es, als saehe man Tuerkise auf Schnee gesaet. Sie besitzt feine Sitten, oder ist sehr kokett. Welche Schultern! Welche Lilienweisse!..."

"Wer ist es denn?" fragte jener, der zuerst gesprochen hatte. "Ich weiss es nicht."

"Aristokrat! Sie wollen wohl alle fuer sich behalten...."

"Das passt zu Dir, mich zu verspotten!" versetzte der Soldat laechelnd. "Glaubst Du das Recht zu haben, einen armen Oberst, wie ich bin, zu verspotten, weil Du als gluecklicher Nebenbuhler des armen Soulanges nicht eine einzige Pirouette machen kannst, ohne dass zugleich das Herz der Frau von Vaudremont tanzt? Oder deswegen, weil ich erst seit Monaten in dieses gelobte Land gekommen bin?... Ihr seid ein unverschaemtes Volk, ihr Verwaltungsbeamten, die Ihr auf euren Stuehlen sitzen bleibt, waehrend wir Kommissbrot essen muessen! Wohlan, Herr Requetenmeister, lassen Sie uns einmal das Feld rekognoszieren, in dem Ihr nicht eher wieder ruhig herrschen sollt, bis wir abgezogen sind! Was Teufel! Jedermann muss leben." "Oberst, da Sie mit Ihrer ganzen Aufmerksamkeit die schoene Unbekannte beehrt haben, die ich hier zum ersten Male bemerke, so haben Sie doch die Guete, mir zu sagen, ob Sie sie bereits tanzen sahen." "Ei! mein lieber Martial, was faellt Dir ein? Wenn man Dich als Gesandten abschickte, so moechtest Du wohl schlechte Geschaefte machen. Siehst Du nicht drei Reihen der unerschrockensten Koketten von Paris zwischen meiner huebschen Dame und dem glaenzenden Schwarm von Taenzern, der unter dem Kronleuchter summt? Hast Du Dich nicht der Hilfe Deines Lorgnons bedienen muessen, um sie in dem Winkel jener Saeule zu entdecken, wo sie in ein tiefes Dunkel vergraben scheint? Trotz der fuenfzig Kerzen, die um ihr blondes Haupt herumflackern, denn es ist zwischen ihr und uns eine solche Menge von Diamanten und funkelnden Blicken, von schwankenden Federn, Spitzen und Blumen, dass es ein wahres Wunder waere, wenn irgendein Taenzer sie inmitten dieser blendenden Gestirne bemerken wuerde! wie, Martial, hast Du nicht erraten, dass sie die Gattin irgendeines Unterpraefekten aus einem entlegenen Departement ist, die hier in Paris versuchen will, ihren Mann zum Praefekten zu machen?..."

"O! er soll es werden!" rief lebhaft der Requetenmeister aus.

"Ich bezweifle," sagte der Oberst lachend, "denn sie scheint mir in der Intrige ebenso unbewandert, wie Du in der Diplomatie. Ich wette, Martial, dass Du nicht weisst, wie sie an ihre Stelle gekommen ist."

Der Requetenmeister blickte den Oberst auf seine Weise an, die ebensoviel Verachtung als Neugierde verriet.

"Nun," fuhr der Oberst fort, "das arme Kind wird ohne Zweifel puenktlich neun Uhr gekommen sein. Vielleicht ist sie die Erste gewesen … Wahrscheinlich wird sie die Graefin von Gondreville in grosse Verlegenheit versetzt haben, da diese nicht zwei Gedanken zusammenreimen kann; verstossen von der Hausfrau, wird sie dann durch jede Neuangekommene von Stuhl zu Stuhl weiter gedraengt worden sein, bis in das helle Dunkel jenes kleinen Winkels, wo sie nun als Opfer ihrer Demut eingeschlossen ist, und als Opfer der Eifersucht jener Damen, deren eifrigstes Bestreben es gewesen ist, eine so gefaehrliche und reizende Gestalt in den Hintergrund zu versetzen. Sie wird keinen Freund gehabt haben, der sie ermutigt haette, den Platz zu verteidigen, den sie dem ersten Plane gemaess eingenommen haben muss, und jede von diesen treulosen Taenzerinnen hat gewiss unter Androhung der schrecklichsten Strafe allen ihren Anhaengern verboten, unsere schoene Freundin aufzufordern. Sieh nur, mein Lieber, diese zaertlichen und offenen Augen haben gewiss eine allgemeine Verschwoerung gegen die Unbekannte veranlasst!… Diese Verschwoerung wird zustande gekommen sein, ohne dass eine einzige dieser Damen ein Woertchen gesagt haette, als: 'Meine Liebe, kennen Sie diese kleine blaue Dame?'Hoere, Martial, willst Du binnen einer Viertelstunde von mehr schmeichelhaften Blicken beglueckt werden, als Du vielleicht in Deinem ganzen Leben einernten kannst, so tue, als wolltest Du den dreifachen Wall durchdringen, der unsere Andromeda umschliesst…. Du wirst sehen, wie auch die Duemmste von diesen schoenen Goettinnen sofort eine List erfindet, die faehig waere, den Mann einzuhalten, der sich am entschiedensten zeigte, um die klagende Unbekannte in das Licht zu ziehen, denn Du wirst gestehen, dass sie ganz aussieht wie eine Elegie."

"Sie glauben also, Oberst, dass es eine verheiratete Frau ist?"

"Nun, vielleicht ist sie Witwe."

"Dann waere sie nicht so traurig!" sagte der Requetenmeister lachend.

"Vielleicht ist sie Witwe, obgleich ihr Mann noch lebt!" versetzte der Oberst.

"In der Tat gibt es unter den Damen viele solcher Witwen seit dem Frieden …" antwortete Martial. "Aber, Oberst, wir taeuschen uns beide. Es liegt zu viel Unschuld in diesen Augen, als dass es eine Frau sein sollte. Es liegt noch zu viel Jugend und Frische auf der Stirn und auf den Schlaefen! Welch kraeftige Toene des Fleisches! Nichts ist an Lippen und Kinn verwelkt. Alles ist noch frisch wie die Knospe einer weissen Rose, aber auch alles durch Wolken der Trauer verhuellt. Die Dame weint…."

"Wie?…" sagte der Oberst.

"Es kommt mir wenigstens so vor; aber sie weint nicht deshalb, weil sie ohne zu tanzen da sitzt," versetzte Martial, "Ihr Kummer ruehrt nicht von heute her, und man sieht, dass sie sich absichtlich so schoen gemacht hat. Ich moechte wetten, dass sie schon liebt." "Bah! Sie ist vielleicht die Tochter irgendeines kleinen Fuersten aus Deutschland!" sagte der Oberst.

"Ach! wie ungluecklich ist doch ein armes Maedchen, das allein und vergessen dasteht!" versetzte Martial. "Kann man eine groessere Anmut entfalten, als unsere kleine Unbekannte? Sie ist reizend!… Und nicht eine von den hoefischen und haesslichen Megaeren, die sie umgeben, und die so empfindsam scheinen moechten, richtet ein Woertchen an sie!… Spraeche sie, so wuerden wir wenigstens ihre Zaehne sehen!…"

"O! Du wirst sauer, wie die Milch bei der geringsten Temperaturveraenderung," sagte der Oberst sanft, aber doch etwas geaergert, einen Nebenbuhler in seinem Freunde zu erkennen.

"Wie!" sagte der Requetenmeister, ohne die Bemerkung des Obersten zu hoeren und richtete sein Lorgnon auf alle Personen, die in seiner Naehe standen; "wie, ist denn niemand hier, der uns diese liebliche Blume nennen koennte, die erst jetzt ganz neu in diesen Garten verpflanzt ist?…"

"Nun, es ist vielleicht ein Gesellschaftsfraeulein…!" sagte der Oberst.

"Herrlich! Ein Gesellschaftsfraeulein mit Saphiren, deren sich eine Koenigin nicht zu schaemen brauchte!… Das machen Sie andern weis, Sie werden wohl nicht staerker in der Diplomatie sein als ich, wenn Sie eine deutsche Prinzessin fuer ein Gesellschaftsfraeulein halten."

Der Oberst, der weniger gespraechig, dafuer aber neugieriger war, ergriff einen kleinen rundlichen Mann beim Arm, dessen graue Haare und geistreiche Augen man in jedem Augenblicke in einem anderen Teile des Salons erblickte. Dieses wundersam behende Maennchen mischte sich in alle Gruppen und wurde ueberall mit einer gewissen Achtung aufgenommen.

"Gondreville, mein lieber Freund," sagte der Soldat zu ihm, "wer ist das allerliebste kleine Weibchen dort hinter Deinem gewaltigen vergoldeten Kandelaber?"

"Der Kandelaber?… Er ist von Ravrio, mein Lieber, und Isabey hat die Zeichnung dazu geliefert…."

"O, ich habe Deinen Geschmack schon anerkannt, und mich an dem prachtvollen Kandelaber erfreut; ich meine aber die Dame, die Dame…."

"Ach so, die kenne ich nicht!… Es ist ohne Zweifel eine Freundin meiner Frau."

"Oder Deine Geliebte, alter Spitzbube!…"

"Nein, auf Ehre nicht. Allein nur die Graefin von Gondreville kann Leute einladen, die niemand kennt."

Der kleine dicke Mann sprach diese Bemerkung mit einiger Bitterkeit aus und entfernte sich dann; aber auf seinen Lippen schwebte doch ein Laecheln innerer Zufriedenheit, die durch die Vermutung des Obersten hervorgerufen war. Dieser trat nun wieder zu dem Requetenmeister, der sich indes einer benachbarten Gruppe angeschlossen hatte, um Erkundigungen ueber die Unbekannte einzuziehen. Der Oberst nahm den Requetenmeister beim Arm und fluesterte ihm ins Ohr: "Mein lieber Martial, nimm Dich in acht. Frau von Vaudremont blickt Dich seit einigen Minuten mit einer verzweifelten Aufmerksamkeit an. Sie ist faehig, schon an der Bewegung Deiner Lippen zu erkennen, was Du mir sagst. Unsere Blicke sind ueberdies bereits zu bezeichnend gewesen. Sie hat dieselben bemerkt und ist ihrer Richtung gefolgt. Wenn ich nicht irre, so zerbricht sie sich in diesem Augenblick den Kopf mehr ueber unsere Dame, als wir selbst es tun."

"Das ist eine alte Kriegslist! Was kuemmert mich das uebrigens. Ich mache es wie der Kaiser: wenn ich Eroberungen mache, so behaupte ich dieselben auch." "Martial, Deine Eitelkeit verdient eine Lehre. Wie, Schurke, Du hast das Glueck, mit Frau von Vaudremont verlobt zu sein, mit einer Witwe von zweiundzwanzig Jahren, die jaehrlich zweitausend doppelte Napoleons zu verzehren und Dir Diamanten von dreitausend Taler Wert an die Finger gesteckt hat ... und Du willst dennoch den Lovelac spielen, als waerst Du ein Oberst, der naechstens die Garnison vertauschen wird?... Pfui!... Bedenke doch wenigstens, was Du verlieren kannst!..."

"Dann werde ich wenigstens meine Freiheit nicht verlieren," versetzte Martial mit einem erzwungenen Laecheln. Er warf einen leidenschaftlichen Blick auf Frau von Vaudremont, die nur mit einem unruhigen Laecheln antwortete, denn sie hatte gesehen, wie der Oberst die Hand des Requetenmeisters ergriff, um den kostbaren Ring zu betrachten, den sie diesem geschenkt hatte.

"Hoere, Martial!" versetzte der Oberst. "Wenn Du noch laenger um meine junge Unbekannte herumflatterst, so unternehme ich die Eroberung der Frau von Vaudremont."

"Das ist Ihnen erlaubt, reizender Kuerassier, allein Sie werden den Platz nicht einnehmen."

"Bedenke, dass ich Junggeselle bin," sagte der Oberst, "dass mein Degen mein einziges Vermoegen ist und Du mich durch eine solche Antwort durchaus herausfordern musst."

"Brrr." Diese scherzhafte Haeufung von Konsonanten war die einzige Antwort auf die Drohung des Obersten, den sein Freund vom Kopf bis zu den Fuessen mass, bevor er ihn verliess. Der Oberst war ein Mann von etwa fuenfunddreissig Jahren und trug nach der Mode jener Zeit kurze Beinkleider von weissem Kaschmir und seidene Struempfe, die die seltene Vollendung seiner Formen verrieten. Er hatte jenen hohen Wuchs, der die Kuerassiere der kaiserlichen Garde auszeichnete. Seine Uniform erhoehte noch die Anmut seines Koerpers, der durch den Dienst zu Pferde nicht entstellt war, sondern vielmehr die noetige Fuelle erlangt hatte, die fuer seine koerperlichen Verhaeltnisse passte. Ein schwarzer Schnauzbart vollendete den aufrichtigen Ausdruck seines nicht militaerischen Antlitzes, dessen Stirn breit und offen war. Unter der Adlernase zeigten sich die purpurroten Lippen seines Mundes. In dem Benehmen des Obersten lag ein gewisser Adel, den er der Gewohnheit des Befehlens verdankte, und der sehr wohl einer Frau gefallen konnte, die keinen Sklaven aus ihrem Manne zu machen wuenschte. Der Oberst laechelte, indem er dem Requetenmeister, der einer seiner besten Freunde vom Kollegium her war, nachblickte und sah, wie wenig gut dieser gewachsen war.

Der Baron Martial de la Roche-Hugon war ein junger Provencale von etwa dreissig Jahren, den Napoleon damals mit ausserordentlichen Gunstbeweisen auszeichnete. Martial schien zu irgendeinem wichtigen Gesandtschafts- posten bestimmt. Er besass in hohem Grade den Geist der Intrige, jene Beredsamkeit des Salons und jene Gewandtheit des Benehmens, die so leicht die weniger glaenzenden Eigenschaeften eines soliden Mannes ersetzten. Die lebhaften Zuege seines Gesichts, dessen Hautfarbe unter den dichten Locken eines Waldes von schwarzen Haaren noch weisser erschien, als sie wirklich war, verrieten viel Geist und Anmut.Die beiden Freunde waren gezwungen, sich zu trennen, indem sie sich herzlich die Haende drueckten, denn die Toene des Orchesters gaben den Damen das Zeichen, dass die Quadrillen des vierten Contretanzes gebildet werden sollten, und alle Maenner mussten sich daher aus dem weiten Raume entfernen, den sie bisher in der Mitte des Salons eingenommen hatten.

Die fluechtige Unterhaltung der Freunde war waehrend der Ruhepause gefuehrt worden, die stets die Contretaenze trennt, und zwar vor einem Kamin von weissem Marmor, einer prachtvollen Zierde des groessten der drei Salons im Hotel Gondreville. Die meisten Fragen und Antworten dieser Plauderei hatten die beiden Sprechenden einander ins Ohr gefluestert. Allein die Girandolen und Leuchter, mit denen der Kamin verschwenderisch geschmueckt war, ergossen so reichliche Stroeme von Licht ueber den Oberst und den Requetenmeister, dass ihre zu lebhaft erleuchteten Gesichter trotz einer diplomatischen Selbstbeherrschung den Ausdruck der Gefuehle den schlauen Augen der Frau von Vaudremont und den aufrichtigen Blicken der jungen Unbekannten nicht zu verhehlen vermochten. Bei Leuten, die gern die Gefuehle anderer entdecken, bildet es eines der groessten Vergnuegen, beim Besuch von Gesellschaften die Gedanken auszukundschaften, und sie gelangen dadurch oft zu koestlichen Genuessen, waehrend andere sich langweilen, ohne dass sie es wagen, ihre Langeweile zu gestehen. Um das geheime Interesse zu begreifen, das in der Unterhaltung liegt, mit der diese Erzaehlung beginnt, muessen wir notwendig ein Ereignis kennen lernen, das ein fast unbedeutendes scheinen koennte, das aber dennoch durch unsichtbare Bande die Personen dieses kleinen Dramas vereinigte, obgleich sie in den Salons zerstreut waren, die von dem Geraeusch des glaenzenden Festes widerhallten.

Dieses Ereignis hatte sich einige Minuten frueher zugetragen, als der Oberst und Baron Martial miteinander sprachen. Etwa um elf Uhr abends, als die Taenzerinnen ihre Plaetze einnahmen, sah die glaenzende Versammlung im Hotel Gondreville die schoenste Frau von Paris erscheinen, die Koenigin der Mode, die einzige, die noch bei der Versammlung gefehlt hatte. Sie hatte es sich zum Gesetz gemacht, nie eher zu erscheinen, als in dem Augenblick, wo sich die Salons in festlicher Erregung befanden, in jenem anmutigen Tumult, waehrenddessen es den Damen nicht moeglich ist, ihre Aufmerksamkeit lange auf die Frische der verschiedenen Gesichter oder auf die Schoenheit der Toiletten zu richten. Dieser fluechtige Augenblick ist gleichsam der Fruehling eines Balles, eine Stunde spaeter ist die Freude vergangen, die Ermattung tritt ein, und alles welkt. Frau von Vaudremont verfiel daher niemals in den grossen Fehler, so lange auf einem Ball zu bleiben, bis die Blumen sich neigten, die Locken schlaff wurden, der Spitzenbesatz zerknittert war und das Antlitz jenen Ausdruck annahm, der die Folge einer durchschwaermten Nacht ist und nie verborgen bleibt. Sie huetete sich wohl, den Fehler ihrer Nebenbuhlerinnen zu begehen und das Ablassen ihrer Schoenheit bemerken zu lassen. Sie wusste dagegen geschickt ihren Ruf als die koketteste Dame zu behaupten, indem sie sich stets ebenso glaenzend von einem Ball zurueckzog, als sie dort erschienen war. Die Damen fluesterten einander mit einem gewissen Neide zu, dass sie ebenso oft ihren Schmuck wechsle, als sie einen neuen Ball besuche. Diesmal stand es aber der Frau von Vaudremont nicht frei, sich nach ihrem Belieben von dem Ball wieder zu entfernen, auf dem sie als Siegesgoettin erschienen war. Einen Augenblick blieb sie an der Schwelle der Tuer stehen, um beobachtende, aber fluechtige Blicke auf die ganze Damenwelt zu werfen, die Kostueme zu mustern und sich zu ueberzeugen, dass sie durch ihren Schmuck alle uebrigen verdunkeln wuerde. Die beruehmte und huebsche Kokette hatte sich dann der Bewunderung aller Anwesenden dargestellt, indem sie von einem der tapferen Obersten der grossen Armee gefuehrt wurde, der damals Liebling des Kaisers und ueberdies jung und schoen war. Er hiess Graf von Soulanges. Die zufaellige und voruebergehende Vereinigung dieser beiden Personen bot ohne Zweifel etwas Raetselhaftes dar; denn als der Diener an der Tuer Herrn von Soulanges und Graefin von Vaudremont anmeldete, erhoben sich einige Damen, die etwas zu weit abseits sassen, um neugierige Blicke auf die Eintretenden zu werfen. Auch einige Herren eilten aus den anstossenden Salons vorbei und draengten sich an die Tueren des Hauptsaales. Einer von jenen Witzbolden, an denen es bei so grossen Gesellschaften nie fehlt, bemerkte, als er die Graefin mit ihrem Kavalier eintreten sah, dass die Damen mit ebenso grosser Neugierde auf einen seiner Geliebten ergebenen Mann schauten, wie die Maenner ein schwer zu fesselndes huebsches Weib betrachteten.

Graf von Soulanges war ein junger Mann von etwa zweiunddreissig Jahren; er schien haltlos, war aber nervig. Seine hageren Formen und sein blasser Teint nahmen wenig zu seinen Gunsten ein.

Obgleich seine schwarzen Augen eine sehr grosse Lebhaftigkeit besassen, war er doch schweigsam. Indes galt er fuer einen sehr verfuehrerischen Mann, und man gestand ihm grosse Beredsamkeit in Verbindung mit vielen Faehigkeiten zu.

Die Graefin von Vaudremont war eine ziemlich grosse Erscheinung von angenehmer Koerperfuelle, blendend weisser Haut, trug ihr kleines anmutiges Koepfchen sehr schoen und besass den gewaltigen Vorteil, durch die Anmut ihres Benehmens Liebe einfloessen zu koennen. Man empfand stets eine neue Freude, wenn man sie anblicken oder mit ihr sprechen konnte. Sie war eine von jenen Frauen, die alle Verheissungen erfuellen, welche ihre Schoenheit gewaehrt.

Dieses raetselhafte und glaenzende Paar, das fuer einige Augenblicke Gegenstand der allgemeinen Aufmerksamkeit geworden war, erlaubte der Neugierde nicht lange, sich mit ihm zu beschaeftigen, denn der Oberst und die Dame schienen vollkommen zu begreifen, dass der Zufall sie in eine schwierige Lage gebracht habe. Als der Baron Martial die Graefin und ihren Kavalier miteinander vorwaerts schreiten sah, mischte er sich in eine Gruppe von Maennern, die den Kamin umstanden, und beobachtete zwischen den Koepfen hindurch, die gleichsam einen Wall um ihn bildeten, Frau von Vaudremont mit der ganzen eifersuechtigen Aufmerksamkeit, die das erste Feuer der Leidenschaft erregt. Eine innere Stimme schien ihm zu sagen, dass der Erfolg, auf den er stolz gewesen sei, noch immer nicht als ein ganz gewisser betrachtet werden koenne. Allein das Laecheln kalter Hoeflichkeit, mit dem die Graefin Herrn von Soulanges dankte, und die Verneigung, mit der sie ihn verabschiedete, als sie sich zu Frau von Gondreville setzte, entspannte die Muskeln wieder, die die Eifersucht auf dem jugendlichen Antlitz des Requetenmeisters krampfhaft zusammengezogen hatte.

Als indes der eifersuechtige Provencale bemerkte, dass Herr von Soulanges zwei Schritte von dem Sofa stehen blieb, in dem Frau von Vaudremont Platz genommen hatte, ohne auf den Blick zu achten, durch den die junge Kokette ihrem getaeuschten Liebhaber zu sagen schien, dass sie beide eine laecherliche Rolle spielten, da zog er von neuem die schwarzen Brauen zusammen, die seine blauen Augen beschatteten, fuhr, um sich Haltung zu geben, mit den Fingern durch die Locken seiner braunen Haare und beobachtete das Benehmen der Graefin und des Herrn von Soulanges, ohne die Aufregung zu verraten, die sein Herz heftiger schlagen liess. Der Requetenmeister schien mit seinen Nachbarn zu plaudern, aber das Feuer einer heftigen Leidenschaft entflammte sein unruhiges Auge. Nun trat der Oberst zu ihm und reichte ihm die Hand, um seine Bekanntschaft zu erneuern, worauf er die kriegerische Odyssee seines Freundes anhoerte, ohne sie zu hoeren, denn er blickte stets nur auf Herrn von Soulanges.

Dieser ueberschaute mit ruhigen Blicken die vierfache Reihe von Damen, die den gewaltigen Salon des Senators einrahmte. Er schien jene Einfassung von Diamanten, von Rubinen, von goldenen Aehren und reizenden Koepfen zu bewundern, deren Glanz fast die Helligkeit der Kerzen, das Kristall der Kronleuchter, die silberne Stickerei der Tapeten und die Vergoldung der Bronzen ueberstrahlte. Die sorglose Ruhe seines Nebenbuhlers brachte den Requetenmeister ausser Fassung, und unfaehig, laenger die aufwallende und geheime Ungeduld zu beherrschen, die sich seiner bemaechtigte, trat er auf Frau von Vaudremont zu, um sie zu begruessen. Als der Provencale erschien, richtete Herr von Soulanges einen finsteren Blick auf ihn und wandte dann ungeduldig den Kopf.

Ein ernstes Schweigen herrschte in dem Salon. Die Neugierde war auf den hoechsten Gipfel gestiegen. Die emporgereckten Koepfe zeigten die wunderlichsten Mienen, und jeder befuerchtete oder erwartete einen von jenen Auftritten, vor denen sich jedoch wohlerzogene Leute stets zu hueten wissen. Ploetzlich wurde das bleiche Antlitz des Grafen so rot, wie der

Scharlach seiner Aufschlaege, und seine Blicke senkten sich auf den Fussboden, damit sie den Gegenstand seiner Unruhe nicht erraten liessen. Gleichsam durch einen Zufall hatte er die Unbekannte erblickt, die bescheiden am Fusse des Kandelabers sass. Ein finsterer Gedanke bemaechtigte sich seiner, und er ging mit trauriger Miene an dem Requetenmeister vorueber, um sich in einen der Spielsalons zu fluechten. Der Baron Martial sowie die uebrigen Versammelten glaubten, dass Soulanges ihm das Feld raeume, um die Laecherlichkeit zu vermeiden, die sich entthronte Liebhaber stets zuziehen; nun erhob er stolz das Haupt, blickte ebenfalls nach dem koestlichen Kandelaber und bemerkte die Unbekannte. Er setzte sich mit gefaelligem Anstaende neben Frau von Vaudremont, hoerte aber so zerstreut auf die Worte, die die Kokette hinter dem Faecher ihm zufluesterte, dass er sie fast gar nicht verstand.

"Martial, Sie werden mir die Freude machen, den Diamant heute abend nicht zu tragen, den ich Ihnen geschenkt habe. Ich habe meine Gruende und werde sie Ihnen erklaeren, wenn wir uns entfernen; denn Sie werden mir bald den Arm reichen, um mich zur Fuerstin von Wagram zu begleiten."

"Warum hatten Sie den Arm jenes haesslichen Obersten angenommen?" fragte der Baron.

"Ich bin ihm in der Vorhalle begegnet …" anwortete sie; "aber nun verlassen Sie mich, man sieht zu uns herueber…."

"Ich bin stolz darauf!…" sagte Martial, erhob sich aber dennoch und ging. Nun trat er zu dem Kuerassier-Oberst, und jetzt wurde die kleine blaue Dame das gemeinschaftliche Band der Unruhe, die sich zu gleicher Zeit, aber auf andere Art, der Gedanken des schoenen Kuerassier-Obersten bemaechtigt hatte, wie auch des betruebten Herzens des Grafen von Soulanges und des flatterhaften Sinnes des Barons Martial und der Graefin von Vaudremont.

Als sich die beiden Freunde nach den herausfordernden Schlussworten ihrer langen Unterhaltung trennten, trat der junge Requetenmeister auf die schoene Frau von Vaudremont zu und wusste ihr einen Platz in der Mitte der glaenzendsten Quadrille zu verschaffen. Beguenstigt durch jene Art von Rausch, in die eine Frau fast immer versetzt wird, und durch das Schauspiel eines Balles, bei dem die Maenner wenigstens ebenso geschmueckt sind wie die Damen, glaubte Martial ungestraft dem Anreiz nachgeben zu koennen, der seine Blicke stets wieder zu jenem Winkel hinzog, in dem die Unbekannte gleichsam wie eine Gefangene sass. Es gelang ihm, der lebhaften Graefin den ersten und den zweiten Blick zu entziehen, den er auf die blaue Dame warf, endlich aber wurde er auf der Tat ertappt. Er wollte sich mit Zerstreuung entschuldigen, rechtfertigte aber dadurch das ungeziemende Schweigen nicht, mit dem er auf die meistverfuehrerische aller Fragen antwortete, die eine Frau aussprechen kann. Je nachdenkender er wurde, desto gereizter zeigte sich die Graefin.

Waehrend Martial nur widerwillig tanzte, ging der Oberst bei den Gruppen der Zuschauer umher, um Erkundigungen ueber die junge Unbekannte einzuziehen. Nachdem er die Gefaelligkeit aller Anwesenden, selbst der Gleichgueltigen, gemissbraucht hatte, wollte er einen Augenblick benuetzen, in dem die Graefin von Gondreville frei schien, um sie selbst nach dem Namen der raetselhaften Dame zu fragen, als er eine leichte Luecke zwischen der Saeule des Kandelabers und den Divans, die zu beiden Seiten standen, bemerkte.

Der unerschrockene Kuerassier benutzte den Augenblick, waehrenddessen der Contretanz einen grossen Teil der Stuehle leer liess, die eine dreifache Festungslinie bildeten, welche jetzt nur noch von Muettern und Frauen eines gewissen Alters verteidigt wurde, und er wagte durch diese mit farbigen Schals und gestickten Taschentuechern bedeckten Palisaden durchzudringen.

Er begruesste einige Witwen, und von Dame zu Dame, von Hoeflichkeit zu Hoeflichkeit, gelangte er endlich zu dem Platz der Unbekannten, den er erspaeht hatte. Auf die Gefahr hin, an den Klauen und Chimaeren des gewaltigen Leuchters haengen zu bleiben, errang er sich eine Stelle unter den Flammen der Wachskerzen, waehrend ihn Martial mit grosser Unzufriedenheit anblickte. Der Oberst war zu gewandt, als dass er ohne weiteres die kleine blaue Dame haette anreden sollen, die zu seiner Rechten sass; dagegen wandte er sich zunaechst an eine ziemlich haessliche, links von ihm sitzende Dame und sagte zu ihr: "Das ist ein herrlicher Ball, meine Dame! Welche Pracht, welches Leben! Auf Ehre, es sind hier nur schoene Damen versammelt. Warum tanzen Sie aber nicht?... Sie haben gewiss recht boshafte Koerbe ausgeteilt."

Die geschmacklose Unterhaltung, in die sich der Oberst einliess, hatte nur den Zweck, seine Nachbarin zur Rechten in ein Gespraech, zu ziehen. Sie blieb aber stumm und in Gedanken versunken und schenkte ihm nicht die geringste Aufmerksamkeit. Der Offizier wurde von einem sonderbaren Staunen ergriffen, als er die Unbekannte wie in einer vollkommenen Erstarrung sah. Er bemerkte sogar Traenen in dem blauen Kristall ihrer Augen, und sein Staunen kannte keine Grenzen mehr, als er bemerkte, dass die Aufmerksamkeit der betruebten jungen Dame nur durch Frau von Vaudremont gefesselt wurde.

"Madame ist ohne Zweifel verheiratet?" fragte er endlich.

"Ja, mein Herr."

"Ihr Herr Gemahl ist ohne Zweifel ebenfalls hier anwesend?"

"Ja, mein Herr."

"Und warum bleiben Sie so an Ihrem Platz? Etwa aus Koketterie?..."

Die Unbekannte laechelte traurig.

"Geben Sie mir die Ehre, bei dem naechsten Contretanz meine Taenzerin zu sein! Ich werde Sie gewiss nicht an diesen Platz zurueckfuehren; ich sehe neben dem Kamin eine leere Gondole, und dort sollen Sie fuer den Rest des Abends ihren Sitz haben. Waehrend so viele Damen hier zu glaenzen suchen und die Narrheit des Tages ihre Kroenung feiert, begreife ich Sie nicht, warum Sie sich weigern wollten, die Koenigin des Balles zu werden, wozu Ihnen Ihre Schoenheit die gerechtesten Ansprueche bietet."

"Mein Herr, ich werde nie tanzen." Die sanfte, aber kurze Betonung der lakonischen Antworten, die die Unbekannte gab, war so entmutigend, dass sich der Oberst gezwungen sah, den Platz zu verlassen. Martial hatte waehrend des Tanzens nicht nur die letzte Bitte des Obersten erraten, sondern auch die abschlaegige Antwort, die er erhielt, weshalb er laechelte und sein Kinn streichelte, indem er dabei den Diamant an seinem Finger erglaenzen liess.

"Worueber lachen Sie?" fragte ihn die Graefin.

"Ueber den Misserfolg des armen Obersten. Er hat einen Holzweg betreten...."

"Ich hatte Sie gebeten, den Diamant abzunehmen," bemerkte darauf die Graefin.

"Ich habe es nicht gehoert."

"Sie hoeren aber heute abend auch gar nichts, Herr Baron!…" antwortete Frau von Vaudremont sehr gereizt.

"Sehen Sie den jungen Mann dort, der einen sehr schoenen Diamanten am Finger traegt," sagte in diesem Augenblicke die Unbekannte zu dem Obersten, der sich eben entfernen wollte. "Es ist ein prachtvoller Diamant," antwortete dieser. "Der junge Mann ist der Baron Martial de la Roche-Hugon, einer meiner vertrautesten Freunde."

"Ich danke Ihnen, dass Sie mir diesen Namen genannt haben," versetzte die Unbekannte. "Er scheint mir sehr liebenswuerdig!…" fuhr sie fort.

"Ja, allein er ist ein wenig leichtsinnig."

"Man koennte glauben, dass er mit der Graefin von Vaudremont sehr vertraut sei!…" versetzte die junge Dame und sah den Obersten fragend an.

"Er wird sich mit ihr verheiraten." Die Unbekannte erbleichte. "Zum Teufel!" dachte der Krieger, "sie liebt diesen verdammten Martial!"

"Ich glaubte, Frau von Vaudremont stehe seit laengerer Zeit in einem Verhaeltnis mit Herrn von Soulanges?…" versetzte die junge Dame, indem sie sich von einem inneren Leiden erholte, das fuer einen Augenblick den uebernatuerlichen Glanz ihres Antlitzes aufgehoben hatte.

"Seit acht Tagen taeuscht ihn die Graefin," antwortete der Oberst. "Sie muessen aber den armen Soulanges gesehen haben, als er eintrat…. Er versucht noch, den Glauben an sein Unglueck von sich fernzuhalten…."

"Ich habe ihn gesehen," sagte die Dame in einem vielsagenden Tone. Dann fuhr sie fort: "Mein Herr, ich danke Ihnen fuer Ihre Mitteilung!" Die Betonung dieser Worte galt einer Verabschiedung gleich.In diesem Augenblick ging der Contretanz seinem Ende entgegen, und der aus dem Felde geschlagene Oberst hatte kaum noch Zeit, sich aus den Festungslinien der Damen zurueckzuziehen, indem er sich gewissermassen zum Trost sagte: "Sie ist verheiratet!…"

"Nun, mutiger Kuerassier!" sagte der Baron, indem er den Obersten mit sich in eine Fensternische zog, um die reine Luft des Gartens einzuatmen. "Wie weit sind Sie gekommen?"

"Sie ist verheiratet, mein Lieber."

"Was schadet das?"

"Ha, der Teufel, ich halte auf die guten Sitten!…" antwortete der Oberst. "Ich will mich nur noch an solche Damen wenden, die ich heiraten kann…. Ueberdies, Martial, hat sie mir deutlich erklaert, dass sie nicht tanzen wolle."

"Oberst, verwetten Sie Ihren Apfelschimmel gegen hundert Napoleons, dass sie heute abend noch mit mir tanzt?"

"Abgemacht …" sagte der Oberst und reichte dem Gecken die Hand. "Unterdes werde ich zu Soulanges gehen, der vielleicht diese Dame kennt…. Es schien mir, als waere sie hinsichtlich mancher Dinge unter richtet."

"Mein Tapferer, Sie haben verloren!" sagte Martial lachend; "meine Augen sind eben mit den ihrigen zusammengetroffen undich verstehe mich darauf…. Aber, Oberst, Sie werden doch nicht boese werden, wenn sie mit mir tanzt, nachdem Sie einen Korb empfangen haben?"

"Nein, nein; der lacht am besten, der am laengsten lacht!… Uebrigens, Martial, bin ich ein guter Spieler und ein guter Feind, weshalb ich Dich darauf aufmerksam mache, dass sie Diamanten liebt."

Nach diesem Gespraech trennten sich die beiden Freunde abermals. Der Oberst begab sich zum Spielsalon und bemerkte den Grafen von Soulanges an einem Bouillottetische.

Obgleich zwischen den beiden Obersten nur jene Freundschaft des aeusserlichen Umgangs bestand, wie sie durch die Gefahren des Krieges und die Pflichten eines gleichen Dienstes herbeigefuehrt wird, schmerzte es den Kuerassier-Oberst dennoch, den Grafen von Soulanges, den er als einen klugen jungen Mann kannte, bei einem Spiel zu finden, das ihn zugrunde richten konnte. Die Haufen von Gold und Banknoten, die auf dem unglueckseligen gruenen Tisch lagen, bezeugten die Wut des Spiels. Ein Kreis schweigender Maenner umstand die ernsten Spieler, die beim Bouillotte sassen. Einige Worte wurden hier und da laut, wenn man aber die unbeweglichen Spieler sah, so haette man glauben sollen, dass sie nur mit den Augen sich unterhielten. Als der Oberst, der durch die bleifarbene Blaesse des Herrn von Soulanges erschreckt wurde, sich diesem naeherte, war der Graf eben gewinnender Teil. Der oesterreichische Gesandte und ein beruehmter Bankier erhoben sich, nachdem sie bedeutende Summen verloren hatten. Der Graf von Soulanges wurde noch finsterer, als er es vorher gewesen war, waehrend er eine ungeheuere Menge Gold und Banknoten einstrich. Er zaehlte seinen Gewinn nicht einmal. Ein bitterer Spott zeigte sich auf seinen Lippen. Er schien das Glueck und das Leben zu bedrohen, anstatt ihnen zu danken, wie so viele andere getan haben wuerden.

"Mut," sagte der Oberst zu ihm; "Mut, Soulanges!" Dann glaubte er ihm einen wahren Dienst zu leisten, indem er ihn vom Spiel wegfuehrte und sagte: "Kommen Sie, ich habe Ihnen eine angenehme Neuigkeit mitzuteilen, aber nur unter einer Bedingung."

"Und die ist?" fragte Soulanges.

"Dass Sie mir auf die Frage antworten, die ich an Sie richten werde."

Der Graf von Soulanges erhob sich rasch. Er schob seinen ganzen Gewinn hoechst sorglos in sein Taschentuch, das er auf krampfhafte Weise zusammenzog. Sein Gesicht zeigte einen so verzweifelten Ausdruck, dass keiner seiner Mitspieler eine Aeusserung der Missbilligung ueber die abgebrochene Partie zu tun wagte, und die Zuege der uebrigen schienen sich sogar noch zu erheitern, als seine finsteren und unwilligen Blicke aus dem Kreis verschwanden, den eine Bouillote-Lampe um den Tisch beschrieb. Ein Diplomat, der bisher unter den Zuschauenden gestanden hatte, sagte indes, als er den Platz einnahm, den der Oberst verlassen hatte: "Diese verteufelten Soldaten verstehen sich doch untereinander, wie die Weisskaeufer auf einem Jahrmarkt!" Ein einziges bleiches und verlebtes Gesicht wandte sich gegen den neuen Teilnehmer am Spiel, indem es ihm einen Blick zuwarf, der erglaenzte und erlosch, wie das Feuer eines Diamanten, den man spielen laesst. Dieses Gesicht war das des Fuersten von Benevent.

"Mein Lieber!" sagte der Oberst zu Soulanges, den er mit sich in eine Ecke gezogen hatte, "heute Morgen hat der Kaiser mit grossem Lobe von Ihnen gesprochen, und Ihre Befoerderung in der Garde ist nicht mehr zweifelhaft. Der Herrscher hat ausgesprochen, dass diejenigen, die waehrend des Feldzuges in Paris zurueckgeblieben waeren, nicht als in Ungnade gefallen angesehen werden duerften…. Nun…?"

Der Graf von Soulanges schien nichts von diesen Worten verstanden zu haben.

"Nun hoffe ich," versetzte der Oberst, "dass Sie mir sagen werden, ob Sie die kleine allerliebste Person kennen, die am Fusse des Kandelabers sitzt."

Bei diesen Worten leuchtete aus den Augen des Grafen ein ungewoehnliches Feuer. Er ergriff mit ausserordentlicher Heftigkeit die Hand des Obersten und sagte mit einer offenbar erregten Stimme zu ihm: "Mein tapferer Kamerad, wenn Sie es nicht waeren … wenn ein Anderer diese Frage an mich richtete … so wuerde ich ihm mit diesem Haufen Goldes den Schaedel zerschmettern…. Verlassen Sie mich, ich bitte Sie darum…. Ich moechte mir lieber heute Abend eine Kugel durch das Hirn jagen, als…. Ich hasse alles, was ich sehe … daher will ich auch sogleich fort; denn diese Freude, diese Musik, diese lachenden Schafgesichter sind mir grauenhaft."

"Mein armer Freund…" sagte der Oberst mit sanfter Stimme und drueckte freundschaftlich die Hand des Grafen, "Sie sind so aufgeregt… Was wuerden Sie sagen, wenn ich Ihnen mitteilte, dass Martial jetzt noch so wenig an Frau von Vaudremont denkt, dass er sich vielmehr in jene kleine Dame verliebt hat?"

"Wenn er mit ihr spricht," sagte Soulanges, indem er vor Wut seine Worte stotternd vorbrachte, "so werde ich ihn zusammenklappen wie eine Brieftasche, und verkroeche er sich unter dem Rock des Kaisers…."

Bei diesen Worten sank der Graf halb ohnmaechtig in den Armstuhl, zu dem ihn der Oberst gefuehrt hatte. Dieser zog sich langsam zurueck, nachdem er bemerkt hatte, dass Herr von Soulanges von einem zu heftigen Zorn ergriffen sei, als dass ihn die Scherze oder die Sorgfalt einer oberflaechlichen Freundschaft zu beruhigen vermoechten. Als sich der schoene Kuerassier in den grossen Tanzsaal begab, war Frau von Vaudremont die erste, auf die seine Blicke fielen. Er gewahrte in ihren gewoehnlich so ruhigen Zuegen einige Spuren einer schlecht verhehlten Aufregung. Der Oberst bemerkte einen leeren Stuhl neben ihr und eilte zu ihr hin.

"Ich moechte wetten, dass Sie sehr aufgeregt sind," sagte er.

"O, es ist eine Kleinigkeit, Oberst. Ich wollte mich eigentlich schon von hier entfernt haben, denn ich habe versprochen, auf dem Ball der Grossherzogin von Berg zu erscheinen, und vorher muss ich noch einen Besuch bei der Fuerstin von Wagram machen. Herr de la Roche-Hugon weiss es, aber er belustigt sich damit, noch immer mit den alten Witwen von frueheren Zeiten zu schwatzen."

"Das ist nicht die Ursache Ihrer Unruhe…. Ich wette hundert Louisdors, dass Sie hier bleiben."

"Sie Unverschaemter!…"

"Also habe ich die Wahrheit gesagt."

"Boesewicht!" versetzte die schoene Graefin und schlug mit ihrem Faecher auf die Finger des Oberst.

"Nun, woran dachte ich denn?… Ich bin faehig, Sie zu belohnen, wenn Sie die Wahrheit erraten."

"Ich kann die Wette nicht eingehen, denn ich habe zu viele Vorteile."

"Anmassender!..."

"Sie befuerchten, Martial zu den Fuessen einer Dame zu sehen...."

"Welcher Dame?" fragte die Graefin, indem sie sich ueberrascht stellte.

"Der Dame, die neben dem Kandelaber sitzt ..." antwortete der Oberst und deutete nach der Ecke, in der die schoene Unbekannte sass, die keinen Blick von der Graefin wandte.

"Ja, Sie haben es erraten!" antwortete die Kokette und verbarg ihr Antlitz hinter ihrem Faecher, indem sie sich stellte, als spiele sie mit demselben. "Die alte Frau von Marigny, die, wie Sie wissen, boshaft ist wie ein alter Affe," fuhr sie fort, nachdem sie einen Augenblick geschwiegen hatte, "hat mir eben gesagt, dass Herr de la Roche-Hugon einige Gefahr laufen wuerde, wenn er der Unbekannten den Hof machen wollte, die sich, wie ein Stoerenfried, auf diesem Balle gezeigt hat. Ich moechte lieber den Tod sehen, als dieses Antlitz, das so grausam schoen und zugleich so bleich, so unbeweglich ist, wie eine Geistererscheinung. Frau von Marigny," fuhr sie dann fort, "die auf den Baellen erscheint, um alles zu sehen, waehrend sie zu schlafen scheint, hat mich ungemein beunruhigt. Gewiss, Martial soll mir den Possen, den er mir gespielt, teuer bezahlen. Ersuchen Sie ihn indes, Oberst, da er Ihr Freund ist, mir keinen Kummer zu machen."

"Ich habe eben mit einem Manne gesprochen, der an nichts weniger denkt, als ihm eine Kugel durch den Kopf zu jagen, wenn er mit der kleinen Dame spricht. Und jener Mann, meine Dame, haelt sein Wort. Indes kenne ich Martial. Gefahren ermutigen ihn nur. Ueberdies haben wir eine Wette miteinander gemacht...." Diese Worte sprach der Oberst mit leiser Stimme.

"Sollte es wahr sein?..." antwortete Frau von Vaudremont, waehrend sie einen gefallsuechtigen Blick auf ihn richtete. "Wuerden Sie mir die Ehre erweisen, bei dem naechsten Contretanz mit mir anzutreten?..."

"Nicht bei dem ersten, aber bei dem zweiten; jetzt will ich erst sehen, was aus dieser Intrige werden kann, und will wissen, wer die kleine blaue Dame ist. Sie sieht sehr geistreich aus."

Der Oberst erriet, dass Frau von Vaudremont jetzt allein sein wollte, und entfernte sich, zufrieden, den beabsichtigten Angriff auf geschickte Weise begonnen zu haben.

Es gibt bei allen Baellen Damen, die, aehnlich der Frau von Marigny, das Amt alter Seemaenner uebernehmen, die am Ufer des Meeres den Stuermen zuschauen, mit denen sich junge Matrosen herumschlagen. Frau von Marigny, die an den Personen dieses Auftritts Teil zu nehmen schien, vermochte nun in diesem Augenblick sehr leicht den grausamen Kampf zu erraten, der in dem Herzen der Graefin vor sich ging. Vergebens faecherte sich die junge Kokette auf die anmutigste Art Kuehlung zu, vergebens laechelte sie den jungen Leuten entgegen, von denen sie begruesst wurde, und wandte alle weibliche List an, um ihre Aufregung zu verbergen, die alte Witwe, eine der kluegsten Herzoginnen am Hofe Ludwigs XV., schien die Geheimnisse zu durchblicken, die sich hinter den Zuegen der Graefin bargen. Die alte Dame schien fast jene unmerklichen Bewegungen des Augensterns wahrzunehmen, die die Wallungen des Herzens verraten. Die leichtesten Falten, die die weisse und reine Stirn runzelten, das unmerkliche Zittern der Zuege, das Spiel der anklaegerischen Augenbrauen, die fast unsichtbare Bewegung der Lippen, dies alles wusste die alte Herzogin so gut zu lesen, wie die geschriebenen Worte eines Buches. Die Kokette ausser Dienst sass in einem Armstuhl, den sie vollkommen ausfuellte, und plauderte mit einem Diplomaten, der sie aufgesucht hatte, weil sie in unvergleichlicher Weise Anekdoten vom alten Hofe erzaehlen konnte, aber sie beobachtete dabei mit ununterbrochener Aufmerksamkeit die junge Kokette, die ihr wie eine neue Auflage ihres eigenen Ichs vorkam. Sie fand sie ganz nach ihrem Geschmack, als sie sah, dass sie so gut ihren Kummer verberge und die Schmerzen ihres Herzens zu verhehlen wisse.

Frau von Vaudremont fuehlte sich in der Tat ebenso schmerzlich ergriffen, als sie sich heiter stellte. Sie hatte geglaubt, in Martial einen Mann von Talent anzutreffen, der ihr Leben durch die Genuesse des Hofes, nach denen sie sich sehnte, verschoenern sollte. Sie erkannte in diesem Augenblick einen Irrtum, der ebenso grausam fuer ihren Ruf, wie fuer ihre Eigenliebe war. Es ging ihr, wie den uebrigen Frauen jener Epoche, indem die ploetzliche Regung der Leidenschaften die Lebhaftigkeit der Gefuehle nur vermehren konnte. Die Herzen, die viel und schnell leben, dulden nicht weniger, als die, die sich in einer einzigen Leidenschaft verzehren. Mehr als ein Faecher verbarg damals kurze, aber schreckliche Qualen. Die Vorliebe der Graefin fuer Martial war allerdings erst Tags zuvor entstanden, allein auch der unerfahrenste Chirurg weiss, dass die Abtrennung eines lebenden Gliedes weit schmerzhafter ist, als die eines abgestorbenen. Bei Frau von Vaudremonts Neigung zu Martial kamen die Aussichten auf die Zukunft hinzu, waehrend ihre fruehere Leidenschaft ohne Hoffnung war und durch die Gewissensbisse des Grafen von Soulanges vergiftet wurde.

Die alte Herzogin wusste alles zu erraten und beeilte sich nun, den Gesandten zu entlassen, von dem sie belagert wurde, denn in Gegenwart entzweiter Geliebten und Liebhaber erbleicht jedes andere Interesse, selbst bei einer alten Frau. Frau von Marigny richtete daher, um den Kampf anzufachen, einen sardonischen Blick auf Frau von Vaudremont. Dieser schreckliche Blick liess die junge Kokette befuerchten, ihr Los moege in die Haende der Witwe geraten. Es gibt in der Tat Blicke, die ein Weib dem andern zuwirft, die gleichsam tragische Fackeln sind, welche den naechtlichen Ausgang eines Dramas beleuchten. Man muesste die Exherzogin genauer kennen, um den ganzen Schrecken zu wuerdigen, den das Spiel ihrer Physiognomie der Graefin einfloesste. Frau von Marigny war hoch gewachsen, und wenn man sie sah, so musste man sagen: "Die Frau ist gewiss huebsch gewesen!" Sie verbarg die Runzeln ihrer Wangen durch eine so starke Auflage von Rot, dass sie fast gar nicht sichtbar wurden, allein ihre Augen empfingen keinen kuenstlichen Glanz durch dieses satte Karmin, sondern wurden dadurch nur noch duesterer. Sie trug eine Menge von Diamanten und kleidete sich mit hinreichendem Geschmack, um nicht laecherlich zu erscheinen. Ihr Mund war durch ein kuenstliches Gebiss verschoent und daher keineswegs eingefallen, sondern zeigte nur einen ironischen Zug, der ihr eine Aehnlichkeit mit Voltaire gab. Ihre spitze Nase deutete auf scharfen Witz, aber dennoch milderte die ausgesuchte Feinheit ihres Benehmens den Spott ihrer Einfaelle so sehr, dass man sie nicht der Bosheit beschuldigen konnte.

Ein triumphierender Blick belebte die beiden grauen Augen der alten Dame und schien den Salon zu durchfliegen, um das Rot der Hoffnung auf die bleichen Wangen der kleinen Dame zu ergiessen, die zu den Fuessen des Kandelabers seufzte. Diesen durchdringenden Blick begleitete ein Laecheln, das zu sagen schien: "Das hatte ich Ihnen bereits verheissen!"

Diese unvorsichtige Enthuellung einer Verbindung, die zwischen Frau von Marigny und der Unbekannten bestand, vermochte dem geuebten Auge der Graefin von Voudremont nicht zu entgehen. Sie erblickte ein Geheimnis und wollte es durchdringen. Die Neugierde verringerte ihren voruebergehenden Schmerz.

In diesem Augenblick hatte der Baron de la Roche-Hugon die ganze Reihe der alten Witwen durchgemacht, um den Namen der blauen Dame zu erfahren, aber gleich vielen Altertuemlern hatte er sein ganzes Latein bei diesen ungluecklichen Nachforschungen verloren. In seiner Verzweiflung hatte er sich sogar an die Graefin von Gondreville gewandt; aber auch von ihr nur wenig befriedigende Antwort erhalten: "Es ist eine Dame, die mir von der ehemaligen Herzogin von Marigny vorgestellt wurde...."

Nun wandte sich der Requetenmeister schnell zu dem Armstuhle, den die alte Dame einnahm, und ueberraschte sie bei jenem Blick des Einverstaendnisses, der mit der Unbekannten gewechselt wurde. Die Faerbung, die sich ueber die Wangen der einsamen Dame ergoss, verlieh ihr einen solchen Glanz, dass der Requetenmeister, bewegt durch den Anblick einer so maechtigen Schoenheit, zu Frau von Marigny zu treten beschloss, obgleich er seit einiger Zeit ziemlich schlecht mit ihr gestanden hatte. Als die Herzogin den Baron um ihren Armstuhl herumschweifen sah, laechelte sie mit sardonischer Bosheit und blickte mit einer so triumphierenden Miene auf Frau von Voudremont, dass der Oberst darueber laechelte. "Sie nimmt eine freundliche Miene an, die alte Zigeunerin," dachte er, "sie wird mir ohne Zweifel einen boesen Streich spielen wollen." "Meine Dame," sagte er, "wie man mir gesagt hat, sind Sie beauftragt, ueber einen koestlichen Schatz zu wachen."

"Sehen Sie mich fuer einen schwarzen Hund mit gluehenden Augen an?" fragte die alte Dame und ergoetzte sich fuer einen Augenblick an der Verlegenheit des jungen Mannes. "Aber von welchem Schatze sprechen Sie?" fuhr sie dann mit einer suessen Stimme fort, durch die Martial neue Hoffnung erhielt.

"Von der kleinen unbekannten Dame, die durch den Neid der koketten Damen in jene Ecke verdraengt ist ... Sie sind ohne Zweifel mit ihr bekannt?...."

"Ja," sagte die Herzogin und laechelte wieder boshaft. "Warum tanzt sie nicht? Sie ist so schoen! Wollen Sie, dass wir Friede miteinander schliessen? Wenn Sie mich ueber das belehren wollen, was ich gern erfahren moechte, so gebe ich Ihnen mein Ehrenwort darauf, dass Ihr Gesuch um Zurueckgabe der Waldungen von Marigny bei dem Kaiser kraeftig unterstuetzt werden soll."

"Herr Baron," antwortete die alte Dame mit einem truegerischen Ernst, "fuhren Sie mir die Graefin von Vaudremont zu. Ich verspreche Ihnen, dass ich ihr das ganze Geheimnis enthuellen will, das unsere Unbekannte so anziehend macht. Alle Maenner, die auf dem Ball anwesend sind, scheinen ebenso neugierig geworden zu sein, wie Sie. Aller Augen richten sich unwillkuerlich nach jenem Kandelaber, neben dem das arme Kind so bescheiden sitzt. Sie erntet alle Huldigungen, die man ihr hat entreissen wollen. Der muss gluecklich sein, der mit ihr tanzen wird!..." Bei diesen Worten unterbrach sie sich, indem sie einen Blick auf die Graefin von Vaudremont richtete, der deutlich sagte: "Wir sprechen von Ihnen." Dann fuhr sie fort: "Ich denke, dass Sie den Namen der Unbekannten lieber aus dem Munde der schoenen Graefin hoeren werden, als aus dem meinigen." Die Haltung der Herzogin war so herausfordernd, dass Frau von Vaudremont sich erhob, zu ihr kam, sich auf den Stuhl setzte, den ihr Martial anbot, und dann, ohne auf ihn zu achten, lachend sagte: "Ich errate, meine Dame, dass Sie von mir sprechen, aber ich muss meine Schwaeche anerkennen und gestehen, dass ich nicht erkenne, ob Sie Gutes oder Boeses von mir reden."

Frau von Marigny drueckte mit ihrer trockenen und verschrumpften Hand die huebsche Hand der jungen Dame und antwortete mit leiser Stimme und im Tone des Mitleids: "Arme Kleine!"

Die beiden Frauen blickten einander an. Frau von Vaudremont begriff, dass der Baron von Martial ueberfluessig sei und verabschiedete ihn mit einem gebieterischen Blick, der ihm sagte: "Verlassen Sie uns augenblicklich!"

Den Requetenmeister freute es wenig, die Graefin von den Kuensten der gefaehrlichen Sybille gefesselt zu sehen und richtete einen jener maennlichen Blicke auf sie, die so viel Macht ueber ein liebendes Herz besitzen, aber auch einer Frau so laecherlich erscheinen, wenn sie kalt gegen den geworden sind, in den sie verliebt war.

"Wollen Sie vielleicht dem Kaiser nachaeffen?..." sagte Frau von Vaudremont und wandte ihren Kopf, um den Requetenmeister spoettisch anzusehen.

Er kannte die Welt zu gut, besass zu viel Feinheit und guten Geschmack, als dass er sich einem Bruch mit der huebschen Kokette haette aussetzen wollen; ueberdies rechnete er auf die Eifersucht, die er bei ihr erwecken wollte, als auf das beste Mittel, das Geheimnis ihrer ploetzlichen Kaelte zu entdecken. Er entfernte sich umso williger, als in diesem Augenblick ein neuer Contretanz alle Taenzerinnen in Bewegung setzte. Die heiteren Toene des Orchesters erklangen und man haette die durcheinander wogende Menge mit einer Wolke tausendfarbiger Schmetterlinge vergleichen koennen, die sich bei dem harmonischen Konzert der Voegel eines Gebueschs ueber einer Waldwiese erheben.

Der Baron schien den antretenden Quadrillen zu weichen und stuetzte sich auf den Marmor einer Konsole. Er kreuzte die Arme ueber der Brust und blieb einige Schritte vor den beiden Damen stehen, die sich heimlich miteinander unterhielten. Von Zeit zu Zeit folgte er den Blicken, die beide wiederholt auf die Unbekannte richteten, und der Baron befand sich in einer schrecklichen Unentschlossenheit, waehrend er die Graefin mit jener neuen Schoenheit verglich, die noch mehr gehoben wurde durch das Geheimnis, das sie umgab. Er schwankte, ob er ein reicher Mann werden oder eine Laune befriedigen solle.

Der Glanz der Lichter liess so kraeftig das schwermuetige und duestere Antlitz unter seinen schwarzen Haaren hervorstechen, dass man ihn mit einem boesen Geist haette vergleichen koennen, und mehr als ein fernstehender Beobachter mochte sich wohl sagen, "Der arme Teufel scheint auch nicht zu seiner Freude hier zu sein!"

Die rechte Schulter leicht an die vergoldete Einfassung der Tuer zwischen dem Spielzimmer und dem Tanzsaale gestuetzt, konnte der Oberst unbemerkt lachen. Er freute sich ueber den berauschenden Laerm des Balles. Er sah hundert huebsche Koepfe, die je nach den Launen des Tanzes hin und her schwebten. Er las in manchen Zuegen, ebenso wie in denen der Graefin und seines Freundes Martial, die Geheimnisse der Seelen. Dann wandte er sein Gesicht und verglich das duestere Aussehen des Grafen Soulanges, der noch immer in dem Armstuhle sass, wo er ihn verlassen hatte, mit den sanften und klagenden Zuegen der unbekannten Dame, auf deren Antlitz abwechselnd die Freuden der Hoffnung und die Angst eines unwillkuerlichen Schreckens erschienen. Der glueckliche Kuerassier hatte soviele Geheimnisse zu erraten, Reichtum von einer keimenden Liebe zu hoffen, die Lehren zu merken, die der gekraenkte Ehrgeiz gibt, das Schauspiel einer heftigen Leidenschaft zu beobachten und das Laecheln von hundert huebschen Damen ueber Soulanges, Martial, die Graefin oder die Unbekannte mit seinen Blicken zu erfassen, und er war daher so heiter, als sei er der Koenig des Festes. Das lebhafte Bild gab ihm ein vollkommenes Gleichnis der Welt und des Lebens; aber er lachte, ohne dass er hinter das Wesen dieser Dinge zu kommen versucht haette. Es war etwa Mitternacht, und die Unterhaltungen, das Spiel, der Tanz, die Selbstsucht, die Bosheit und die verschiedenartigsten Plaene, alles war auf jenem Siedepunkt angelangt, wo sich einem jungen Manne der Ruf entringt: "Es ist doch eine huebsche Sache um einen Ball!..."

"Mein kleiner Engel," sagte Frau von Marigny zu der Graefin, "ich bin weit aelter, als ich scheine, denn ich zaehle fuenfundsechzig Jahre; ich habe fast ein Jahrhundert gelebt. Sie, meine Liebe, stehen jetzt in einem Alter, in dem ich tausend Fehler begangen habe, und da ich Sie jetzt bittere Qualen erdulden sah, so fiel es mir ein, Ihnen einige liebevolle Winke zu geben. Wer Fehler im zweiundzwanzigsten Jahre begeht, verdirbt sich dadurch seine Zukunft, zerreisst das Kleid, das er erst anziehen soll. Ach, meine Liebe, wir lernen erst zu spaet uns des Gewandes zu bedienen, ohne es zu zerknittern…. Fahren Sie fort, mein schoenes Kind, sich redliche Feinde zu machen und diejenigen als Freunde zu erwerben, die den Geist der Welt nicht besitzen, und Sie sollen sehen, was fuer ein angenehmes Leben Sie fuehren werden!"…

"Ach, Herzogin, es macht uns recht viel Muehe, gluecklich zu werden! Nicht wahr?" rief die Graefin kindlich aus.

"Meine Kleine, man muss es nur verstehen, in Ihrem Alter zwischen dem Vergnuegen und dem Glueck die Wahl treffen zu koennen. Hoeren Sie mich an! Sie wollen Martial heiraten. Er ist aber auf der einen Seite nicht dumm genug, um ein Ehemann zu werden, und auf der anderen Seite nicht gut genug, um sie gluecklich zu machen. Er hat Schulden, meine Liebe!… Er ist ganz der Mann, der Ihr Vermoegen verzehren koennte. Er ist ein Raenkeschmied, der sich ausgezeichnet in die Geschaefte einleben kann, er weiss angenehm zu plaudern, aber er besitzt zu viele Vorteile, als dass er ein wahres Verdienst haben wollte. Er wird nicht weit gehen. Ueberdies, sehen Sie ihn nur an!… Werfen Sie nur einen Blick auf ihn!… Liest man es nicht auf seiner Stirn, dass er in diesem Augenblick keineswegs das huebsche junge Weib sieht, sondern nur die Besitzerin von zwei Millionen?… Er liebt Sie nicht, meine Liebe; er berechnet Sie, als ob es sich um eine Multiplikation handelte. Wenn Sie sich verheiraten wollen, so nehmen Sie einen bejahrten Mann, der zugleich Ansehen geniesst. Eine Witwe darf ihre Wiederverheiratung nicht zu einem Geschaeft der Liebe machen. Faengt man je eine Maus zweimal in derselben Falle? Jetzt muss ein neuer Kontrakt eine Spekulation sein, und wenn Sie sich wieder verheiraten, so muessen Sie dabei wenigstens die Hoffnung haben, sich dereinst Frau Marschallin nennen zu hoeren!" In diesem Augenblick richteten sich die Augen der beiden Damen natuerlich auf das huebsche Antlitz des Obersten. "Wollen Sie die schwierige Rolle einer Kokette spielen und sich nicht wieder verheiraten …" fuhr die Herzogin gutmuetig fort; "ach, meine arme Kleine, dann verstehen Sie besser als jede andere, die Wolken eines Ungewitters zu haeufen und auch wieder zu zerstreuen…. Allein ich beschwoere Sie, machen Sie sich nie eine Freude daraus, den ehelichen Frieden zu stoeren, die Eintracht der Familien und das Glueck der gluecklichen Frauen zu vernichten. Ich habe diese gefaehrliche Rolle gespielt, meine Liebe … und etwas zu spaet habe ich erkennen gelernt, dass, wie jener Diplomat gesagt hat, ein Lachs besser ist als tausend Froesche! Ja, meine Liebe, um einen Triumph der Eigenliebe zu feiern, meuchelt man oft arme tugendhafte Geschoepfe; denn es gibt wirklich tugendhafte Frauen, meine Liebe. Lernen Sie einsehen, dass eine wabrhafte Liebe tausendmal mehr Genuesse gewaehrt, als die vergaenglichen Leidenschaften, die man erregt. Gewiss, ich bin hierhergekommen, um Ihnen eine Predigt zu halten…. Ja, Sie, mein guter kleiner Engel, sind die Ursache, weshalb ich in diesem Salon erschienen bin, der nach Poebel stinkt. Sieht man hier nicht sogar Schauspieler?… Man empfing diese Leute auch sonst, meine Liebe, aber in seinem Boudoir; in einem Salon jedoch, pfui!… Ja, ja, sehen Sie mich nicht so erstaunt an. Hoeren Sie mich an! Wollen Sie ueber die Maenner lachen," fuhr die alte Dame fort, "so begeistern Sie nur die Herzen derer, die keine feste Bestimmung haben, die keine Pflichten zu erfuellen haben…. Das ist eine Lehre, die ich meiner alten Erfahrung verdanke; nutzen Sie dieselbe. Dieser arme Soulanges zum Beispiel, dem Sie den Kopf verdreht haben, den Sie seit fuenfzehn Monaten, Gott weiss wie, berauscht haben … ihn haben Sie fuer sein ganzes Leben ungluecklich gemacht. Er ist verheiratet. Er wird von einem kleinen Weibe angebetet, das er auch liebte, aber getaeuscht hat. Soulanges leidet zuweilen an Gewissensbissen, die grausamer sind, als seine Freuden suess waren, und Sie, kleiner Schlaukopf, haben ihn getaeuscht! Kommen Sie nun und sehen Sie Ihr Werk!" Die alte Herzogin fasste die Hand der Frau von Vaudremont, und beide erhoben sich.

"Sehen Sie!" sagte Frau von Marigny zu ihr, indem sie mit den Augen auf die bleiche und zitternde Unbekannte zeigte. "Das ist meine Nichte, die Graefin Soulanges!... Sie hat heute endlich meinen Bitten nachgegeben und ihr Schmerzenszimmer verlassen, in dem ihr der Anblick ihres Kindes nur einen sehr schwachen Trost gewaehrt.... Sehen Sie sie an.... Sie erscheint Ihnen reizend. Beurteilen Sie nun, was sie damals war, als Glueck und Liebe noch ihren Glanz ueber dieses jetzt gewelkte Antlitz verbreiteten!"

Die Graefin wandte schweigend das Haupt und schien in ernstes Nachdenken versunken. Die Herzogin fuehrte sie allmaehlich bis an die Tuer des Spielzimmers, blickte hinein, als suche sie jemand, und sagte dann mit einer fast geisterhaften Stimme zu der jungen Kokette: "Und dort sehen Sie Soulanges!..."

Die junge und glaenzende Graefin schauderte zusammen als sie in der am wenigsten erhellten Ecke des Spielzimmers ein bleiches und verzerrtes Antlitz erblickte. Herr von Soulanges hatte sich in den, Armstuhl zurueckgelehnt. Die Erschlaffung seiner Glieder und die Bewegungslosigkeit seiner Stirn deuteten auf einen hohen Grad des Schmerzes. Er war allein. Die Spieler kamen und gingen an ihm vorueber, ohne ihm mehr Aufmerksamkeit zu widmen, als einem leblosen Wesen. Er war in der Tat mehr ein Schatten, als ein Mensch.

Der Anblick der trauernden Gattin und des duestern und finstern Gatten, die inmitten dieses Festes von einander getrennt waren, wie die beiden Haelften eines durch den Blitz getroffenen Baumes, erfuellte die Graefin mit grossem Schrecken und boeser Vorahnung. Sie fuerchtete ein Bild dessen zu sehen, was die eigene Zukunft fuer sie aufbewahrte. Ihr Herz war noch nicht so weit verhaertet, dass ihm Empfindsamkeit, und Nachsicht gaenzlich fremd geworden, und sie presste die Hand der Herzogin, waehrend sie ihr mit einem freundlichen Laecheln dankte, in dem eine gewisse kindliche Anmut lag.

"Mein Kind," sagte ihr jetzt die alte Frau ins Ohr, "bedenken Sie fortan, dass wir es ebenso gut verstehen muessen, die Huldigungen der Maenner von uns zu weisen, als sie zu erlangen...."

"Sie gehoert Ihnen, wenn Sie kein Dummkopf sind!" Diese Worte fluesterte Frau von Marigny dem Obersten ins Ohr, waehrend sich die schoene Graefin ganz dem Mitleid hingab, das der Anblick des Herrn von Soulanges ihr einfloesste. Sie liebte ihn noch aufrichtig genug, um ihn seinem Gluecke wiedergeben zu wollen, und im Herzen versprach sie sich, die unwiderstehliche Macht anzuwenden, die ihre Verfuehrungskuenste noch auf ihn ausuebten, um ihn in die Arme seiner Frau zurueckzufuehren. "O! die Strafreden, die ich ihm halten werde!..." sagte sie zu Frau von Marigny. "Sie werden das nicht tun, meine Schoene, wie ich hoffe!" sagte die Herzogin, waehrend sie sich zu ihrem Armstuhl zurueckbegab. "Waehlen Sie sich dagegen einen braven Ehemann und verschliessen Sie meinem Neffen die Tuer. Vermeiden Sie, ihm in Gesellschaften zu begegnen, und wenn er von seiner Krankheit geheilt ist, so bieten Sie ihm Ihre Freundschaft.... Glauben Sie mir, mein Engel, eine Frau empfaengt nie von einer anderen Frau das Herz ihres Mannes. Sie wird hundertmal gluecklicher sein, wenn sie glauben kann, es durch sich selbst wiedererlangt zu haben, und ich glaube, meiner Nichte ein herrliches Mittel gewaehrt zu haben, durch das sie die Freundschaft ihres Mannes wiedererlangen kann, indem ich sie hierherfuehrte.Ich verlange keine andere Mithilfe von Ihnen, als dass Sie unsern schoenen Kuerassier-Oberst mit Neckereien der Liebe ueberhaeufen." Bei diesen Worten zeigte sie auf den Freund des Requetenmeisters, und die Graefin lachte.

"Nun, meine Dame, wissen Sie endlich den Namen der Unbekannten?" fragte der Baron auf etwas gereizte Art die Graefin, als diese wieder allein war.

"Ja," anwortete Frau von Vaudremont. Es lag dabei in ihren Zuegen ebensoviel Schlauheit als Heiterkeit. Das Laecheln, das ueber ihre Lippen und ihre Wangen Leben verbreitete, der feuchte Glanz ihrer Augen war mit jenen Irrlichtern zu vergleichen, die den verspaeteten Wanderer taeuschen. Martial glaubte sich noch immer geliebt; er nahm jene kokette Haltung an, in der sich ein Mann so selbstgefaellig in der Naehe der von ihm Geliebten wiegt, und sagte mit Geckenhaftigkeit: "Werden Sie mir nicht boese werden, wenn es scheint, als legte ich grossen Wert darauf, den Namen der Unbekannten zu erfahren…."

"Und werden Sie mir nicht boese werden," versetzte Frau von Vaudremont, "wenn ich Ihnen infolge einer letzten Spur von Liebe den Namen nicht sage und Ihnen zugleich verbiete, die geringste Annaeherung an jene junge Dame zu wagen? Sie koennten vielleicht Ihr Leben aufs Spiel setzen."

"Meine Dame, Ihre Liebe zu verlieren ist schmerzlicher, als das Leben zu verlieren…."

"Martial!…" sagte die Graefin ernst, "es ist Frau von Soulanges! Und ihr Mann wuerde Ihnen eine Kugel durch das Hirn jagen, wenn Sie ein solches haben, sobald Sie…."

"Ach!" fiel ihr der Geck lachend in die Rede, "der Oberst laesst den in Frieden leben, der ihm Ihr Herz entrissen hat, und er sollte sich fuer seine Frau schlagen?… Welche Umkehrung der Grundsaetze!… Ich bitte Sie, lassen Sie mich mit der kleinen Dame tanzen. Sie werden auf diese Weise am schnellsten den Beweis erhalten, wie wenig Liebe das eiskalte Herz besitzt, das Sie verabschiedet haben, denn wird der Oberst boese darueber, dass ich seine Gattin zum Tanzen veranlasse…."

"Sie liebt aber ihren Mann…."

"Das ist wieder ein Einwurf, der…."

"Sie ist aber verheiratet…."

"Koestliche Einwaende in Ihrem Munde!"

"Ach!" sagte die Graefin mit einem bitteren Laecheln, "Ihr bestraft uns bitter fuer unsere Fehltritte und unsere Reue! Dann beklagt Ihr Euch noch ueber unsern Leichtsinn! So wirft der Herr seinen Sklaven die Sklaverei vor. Welche Ungerechtigkeit!" "Betrueben Sie sich nicht!" sagte Martial lebhaft. "Oh, ich bitte Sie darum, verzeihen Sie mir! Hoeren Sie! Ich denke nicht mehr an Frau von Soulanges."

"Sie verdienten, dass ich Sie zu ihr schickte!"

"Ich gehe schon…." sagte der Baron lachend; "allein ich werde verliebter in Sie zurueckkehren, als ich es je gewesen bin, und Sie werden sehen, dass sich auch das huebscheste Weib von der Welt eines Herzens nicht bemaechtigen kann, das Ihnen gehoert."

"Das heisst, Sie wollen das Pferd des Obersten gewinnen?"

"Ha, der Verraeter!" antwortete er lachend und drohte seinem laechelnden Freunde mit dem Finger.

Nun naeherte sich der Oberst, und der Baron trat ihm seinen Platz neben der Graefin ab, zu der er noch spoettisch sagte: "Meine Dame, dieser Herr hat sich geruehmt dass er an einem Abend Ihre Liebe erwerben koenne!"

Er entfernte sich, waehrend er sich freute, die Eigenliebe der Graefin erweckt und dem Obersten ein Bein gestellt zu haben; ungeachtet seiner gewoehnlichen Schlauheit, hatte er doch nicht den ganzen Spott erraten, der in den Reden der Frau von Vaudremont lag; er hatte nicht einmal bemerkt, dass sie ebensoviele Schritte seinem Freunde entgegengetan habe, als dieser ihr entgegengegangen war.

Als sich Martial dem glaenzenden Kandelaber naeherte, hinter dem die Graefin von Soulanges sass, trat deren Gemahl mit wilden Blicken in die Tuer des Salons und zeigte zwei Augen, in denen das Feuer der Leidenschaft flammte. Die alte Herzogin, die auf alles aufmerksam war, naeherte sich ihrem Neffen mit der Lebendigkeit einer jungen Frau und bat ihn um seinen Arm und um seine Kutsche, um sich entfernen zu koennen, indem sie eine schreckliche Langeweile vorschuetzte und sich schmeichelte, auf solche Weise ein peinliches Aufsehen zu vermeiden. Bevor sie ging, gab sie noch ihrer Nichte ein Zeichen des Einverstaendnisses, indem sie zugleich auf den kuehnen Kavalier deutete, der sich bereit machte, sie anzureden. Ihr strahlender Blick schien zu sagen: "Da ist er, raeche Dich!"

Frau von Vaudremont fing den Blick der Tante und den der Nichte auf. Ein ploetzliches Licht fiel in ihr Herz, und die junge Kokette befuerchtete, von der alten, in Raenken so erfahrenen Dame genarrt worden zu sein.

"Diese treulose Herzogin," dachte sie, "wird es vielleicht ergoetzlich gefunden haben, mir eine moralische Vorlesung zu halten und zugleich einen schlechten Streich nach ihrer Weise zu spielen." Bei diesem Gedanken wurde die Eigenliebe der Frau von Vaudremont vielleicht noch lebhafter ins Spiel gezogen, als ihre Neugierde, den Knaeuel dieser Intrigen entwirrt zu sehen. Der innere Sturm, von dem sie ergriffen wurde, raubte ihr die Selbstbeherrschung. Der Oberst erklaerte sich nun zu seinem Vorteil die Verlegenheit, die sich in den Reden und in der Haltung der Graefin zeigte, und wurde deshalb noch gluehender und draengender.

Neue Geheimnisse, gleich anziehend wie die frueheren, belebten nun diese bewegte Szene. Die Leidenschaften der beiden Paare, deren Abenteuer diese Erzaehlung wiedergibt, sprangen auf alle Teilnehmer des glaenzenden Balles ueber und veranlassten die verschiedensten Faerbungen der Teilnahme.

Die alten abgestumpften Diplomaten, denen es so viel Freude machte, das Spiel der Mienen zu beobachten und die angesponnenen Raenke zu erraten und zu verfolgen, hatten noch nie eine so reiche Ernte der Unterhaltung gefunden, dennoch liess das Schauspiel so vieler, lebhafter Leidenschaften, liessen die Zaenkereien der Liebe, diese suessen Aeusserungen der Rache, diese grausamen Gunstbeweise, diese entflammten Blicke, liess das ganze gluehende Leben, das rund um sie her ergossen war, sie nur umso lebhafter ihre Ohnmacht erraten.

Endlich war es dem Baron gelungen, in der Naehe der Graefin von Soulanges einen Sitz zu finden. Seine Augen schweiften verstohlen ueber einen Hals, der frisch war wie der Tau, wohlduftend wie ein Blumenbeet. Er bewunderte in der Naehe die Schoenheiten, die ihn schon aus der Ferne ueberrascht hatten, er konnte einen kleinen, schoenbekleideten Fuss sehen, und eine geschmeidige anmutige Taille mit den Augen messen. Damals knuepften die Frauen die Guertel ihrer Kleider dicht unter dem Busen, wie man es bei den griechischen Statuen erblickt! Diese Mode war grausam fuer jene Frauen, deren Wuchs irgendeinen Fehler hatte. Martial warf fluechtige Blicke auf den Busen und wurde entzueckt durch die Vollendung der himmlischen Formen der Graefin. Er war trunken vor Liebe und Hoffnung. "Sie haben heute abend noch nicht ein einziges Mal getanzt?" fragte er mit sanfter und schmeichelnder Stimme; "hoffentlich ist dies nicht die Schuld der Herren.""Es ist nun bald zwei Jahre, dass ich mich nirgends gezeigt habe, und ich bin unbekannt in der Welt ..." antwortete Frau von Soulanges; denn sie hatte den Blick nicht begriffen, durch den ihre Tante sie aufforderte, sich gefaellig gegen den Baron zu zeigen. Dieser liess aus Gewohnheit den schoenen Diamant spielen, der den Ringfinger seiner linken Hand schmueckte. Das Feuer, das die geschliffenen Flaechen des Steines ausstrahlten, schien ein ploetzliches Licht in das Herz der jungen Graefin zu werfen. Sie erroetete und blickte den Baron mit einem unbeschreiblichen Ausdruck an.

"Tanzen Sie gern?" fragte der Provencale, um es zu versuchen, die Unterhaltung wieder anzuknuepfen.

"Sehr gern, mein Herr."

Bei dieser Antwort trafen ihre Blicke einander; denn der junge Mann wurde von dem suessen und zum Herzen sprechenden Tone ueberrascht, der eine unbestimmte Hoffnung bei ihm erweckte, und hatte daher schnell die Augen der Graefin geprueft.

"Wuerden Sie es nicht als eine Verwegenheit von meiner Seite betrachten, wenn ich Sie baete, bei dem naechsten Contretanz mit mir anzutreten?"

Eine kindliche Verlegenheit roetete die bleichen Wangen der Graefin, wie einige Tropfen eines roten Weines sich allmaehlich in einem Glase klaren Wassers verbreiten und dasselbe roeten.

"Aber, mein Herr ... ich habe bereits einem Taenzer eine abschlaegige Antwort gegeben, einem Oberst...."

"Vielleicht dem langen Kavallerie-Oberst dort?"

"Ganz recht."

"Der ist mein Freund, befuerchten Sie nichts. Ich hoffe, Sie werden mir meine Bitte gewaehren."

"Ja, mein Herr...."

Der zitternde Klang ihrer wohltoenenden Stimme deutete auf eine so neue und tiefe Bewegung, dass selbst das abgestumpfte Herz Martials dadurch schwankend gemacht wurde. Er fuehlte sich von der Bloedigkeit eines Schulknaben ergriffen. Er verlor seine Sicherheit, und sein suedlaendisches Blut geriet in Flammen. Er wollte sprechen, allein seine Ausdruecke erschienen ihm im Vergleich zu den geistreichen und feinen Antworten der Frau von Soulanges ohne Anmut. Es war ein Glueck fuer ihn, dass der Contretanz begann, denn als er neben seiner schoenen Taenzerin stand, fuehlte er sich wieder erleichtert. Es gibt viele Maenner, fuer die der Tanz eine Art weltmaennischer Gewandtheit ist, und die, indem sie die Anmut ihres Koerpers zu entfalten suchen, staerker auf das Herz der weiblichen Welt einzuwirken glauben, als durch ihren Geist. Der Provencale wollte ohne Zweifel in diesem Augenblick alle seine Verfuehrungskuenste entfalten, wenn man dies aus der Sorgfalt schliessen darf, die er auf alle seine Bewegungen verwandte. Aus Eitelkeit hatte er seine Eroberung zu der Quadrille gefuehrt, zu der sich die glaenzendsten Damen des Salons aufgestellt hatten, waehrend sie eine besondere Wichtigkeit darauf legten, schoener zu tanzen, als die Taenzerinnen aller anderen Quadrillen.

Waehrend das Orchester das Vorspiel der ersten Figur beendete, empfand der Baron eine unglaubliche Befriedigung des Stolzes, als er bemerkte, dass Frau von Soulanges die schoenste Taenzerin unter allen sei, die sich auf den Linien dieses glaenzenden Vierecks aufgestellt hatten. Ihre Toilette ueberstrahlte selbst die der Frau von Vaudremont, die sich infolge eines vielleicht absichtlich gesuchten Zufalles mit dem Obersten dem Baron und der blauen Dame gegenueber gestellt hatte. Die Blicke aller Maenner hafteten fuer einen Augenblick auf Frau von Soulanges, und ein schmeichelhaftes Gemurmel deutete darauf, dass alle Taenzer mit ihren Damen gegenwaertig von ihr sprachen. Blicke des Neides und der Bewunderung wurden mit einer solchen Lebhaftigkeit gegen die junge Dame abgeschossen, dass diese gleichsam beschaemt wurde durch einen Triumph, dem sie sich gern entzogen haette, bescheiden ihre Augen senkte, erroetete und dadurch noch reizender wurde. Wenn sie ihre weissen Augenlieder aufschlug, so geschah es nur, um ihren Taenzer anzublicken, als haette sie den Ruhm dieser Huldigungen auf ihn zurueckzufuehren und ihm sagen wollen, dass sie die seinigen allen anderen vorzoege. Sie legte Unschuld in ihre Koketterie oder schien sich vielmehr einem neuen Gefuehl, einer kindlichen Bewunderung mit jener Aufrichtigkeit zu ueberlassen, die man nur in jugendlichen Herzen antrifft. Wenn sie tanzte, so konnten die Zuschauer leicht glauben, dass die Verschlingungen der launenhaften Pas, die sie auf eine reizende Weise ausfuehrte, nur fuer Martial vollbracht waeren, denn die luftige Sylphide wusste gleich der verstaendigen Kokette ihre Augen zu rechter Zeit gegen ihn zu erheben oder auch mit verstellter Bescheidenheit wieder zu senken.

Als eine Bewegung des Tanzes Martial dem Obersten entgegenfuehrte, sagte er lachend zu ihm: "Ich habe Dein Pferd gewinnen…."

"Ja, aber Du hast achtzigtausend Livres Rente verloren," entgegnete ihm der Oberst und zeigte auf die strengen Blicke der Frau von Vaudremont.

"Was kuemmert mich das," antwortete Martial mit leichtem Trotz. "Frau von Soulanges ist Millionen wert!"

Nach Schluss des Contretanzes wurde mehr als eine Bemerkung von den Zuschauern und Mittaenzern den Nachbarn und Bekannten ins Ohr gefluestert. Die weniger huebschen Damen sprachen mit ihren Taenzern ueber die Moral und spielten dabei auf die keimende Zuneigung des Barons und der Graefin von Soulanges an. Selbst die Schoensten wunderten sich ueber den Leichtsinn, mit dem dies Buendnis abgeschlossen war. Die Maenner begriffen umsoweniger das Glueck des kleinen Requetenmeisters, da er gar nichts Verfuehrerisches an sich zu haben schien. Einige nachsichtigere Damen sagten, dass man nicht so voreilig urteilen duerfe, und die Jugend sei sehr zu beklagen, wenn ein ausdrucksvoller Blick und ein anmutiger Tanz hinreichten, um so ernste Anklagen darauf zu stuetzen.

Nur Martial kannte den Umfang seines Glueckes. In der letzten Figur hatten die Damen der Quadrille die Windmuehle zu bilden. Seine Finger drueckten die der Graefin, und er glaubte durch die feinen parfuemierten Handschuhe hindurch zu fuehlen, dass die Finger des jungen Weibes seinem verliebten Druck antworteten.

"Meine Dame," sagte er in dem Augenblicke zu ihr, als der Contretanz endete, "kehren Sie nicht in jene abscheuliche Ecke zurueck, in der Sie bis jetzt Ihre Schoenheit und Ihren Schmuck verborgen haben. Die Bewunderung ist der einzige Zoll den Sie durch Ihre Diamanten erreichen koennen, die Ihren weissen Hals und Ihre so schoen geflochtenen Haare schmuecken. Machen Sie mit mir eine kleine Runde durch die Salons und geniessen Sie einen Anblick des ganzen Festes."

Frau von Soulanges folgte dem geschickten Verfuehrer, der dachte, dass sie ihm umso sicherer angehoeren wuerde, wenn es ihm gelaenge, sie vor der Welt blosszustellen. Sie machten nun eine angenehme Wanderung zwischen den Gruppen hindurch, die die prachtvollen Salons des Hotels erfuellten. Die Graefin von Soulanges blieb furchtsam einen Augenblick an der Tuer eines jeden Salons stehen und trat nicht eher ein, bis sie einen durchdringenden Blick nach allen Maennern geworfen hatte. Diese Besorgnis erfuellte den Requetenmeister mit noch groesserer Freude, denn er sah, dass sie sich nicht eher beruhigte, bis er gesagt hatte: "Ermutigen Sie sich, er ist nicht da."

So gelangten sie bis in eine Gemaeldegalerie von ungemeinem Umfange, die in einem Fluegel des Hotels lag, und wo man sich zum Voraus des grossartigsten Anblicks eines Imbisses erfreute, der fuer dreihundert Personen aufgetragen war. Der Requetenmeister erriet, dass das Mahl bald beginnen werde, und zog daher die Graefin mit sich nach einem Boudoir, das er ausfindig gemacht hatte. Es war ein laenglich-rundes Zimmer, das nach dem Garten ging. Die seltensten Blumen und Straeucher bildeten gewissermassen ein Dickicht, durch dessen Blaetter hindurch das Auge die glaenzenden Tapeten erblickte. Das Geraeusch des Festes erstarb hier wie das Geraeusch der Welt in der Naehe eines heiligen Asyls. Die Graefin zitterte beim Eintreten und weigerte sich hartnaeckig, dem jungen Manne zu folgen; nachdem sie aber einen Blick in einen Spiegel geworfen und in demselben ohne Zweifel Verteidiger erblickt hatte, liess sie sich anmutig auf eine wolluestige Ottomane nieder.

"Was fuer ein koestliches Gemach," sagte sie und bewunderte eine himmelblaue Tapete, die durch Perlen gehoben wurde.

"Hier atmet alles Liebe und Wollust ..." sagte Martial. Dann betrachtete er bei dem geheimnisvollen Halbdunkel, das in dieser suessen Einsamkeit herrschte, die Graefin, und bemerkte in ihren stark erregten Zuegen einen Ausdruck der Verwirrung, der Scham und der Sehnsucht, durch den er bezaubert wurde. Sie laechelte, und dieses Laecheln schien dem Kampfe aller Gefuehle, die in ihrem Herzen miteinander rangen, ein Ende zu machen; der Baron war entzueckt. Auf die verfuehrerischste Weise der Welt ergriff sie die linke Hand ihres Anbeters und zog den Ring von seinem Finger, auf den sie bereits so feurige Blicke der Sehnsucht geworfen hatte.

"Das ist ein recht schoener Diamant!..." sagte sie sanft und mit dem unschuldigen Ausdruck eines jungen Maedchens, das die ganze Macht seiner ersten Lockung fuehlen laesst. Martial war durch die unwillkuerliche, aber berauschende Beruehrung, die ihm von den Fingern der Graefin beim Abziehen des Ringes zuteil geworden war, erregt und betrachtete ihn mit Blicken, die ebensosehr funkelten wie der Ring.

"Behalten Sie ihn als Erinnerung an diese himmlische Stunde und aus Liebe fuer..."

Er vermochte seine Worte nicht auszusprechen, denn der Ausdruck der Begeisterung, der in ihren Zuegen lag, erregte ihn zu lebhaft. Er kuesste ihre Hand.

"Sie schenken ihn mir?..." fragte sie mit erstaunten Blicken.

"Ich moechte Ihnen die ganze Welt darbringen koennen...."

"Scherzen Sie nicht vielleicht?..." fragte sie dann abermals, und man erkannte in dem Ausdruck dieser Worte ihre lebhafte Freude.

"Nehmen Sie meinen Diamanten nur an!"

"Und Sie werden ihn nie von mir wieder verlangen?" fragte die Graefin.

"Nie!"

Sie steckte den Ring an ihren Finger. Martial glaubte, dass nun nichts mehr an seinem Glueck fehle und machte eine kuehne Bewegung; allein die Graefin erhob sich ploetzlich und sagte mit einer hellen Stimme, die durchaus keine Erregung verriet: "Mein Herr, ich nehme diesen Diamanten mit umsoweniger Bedenken an, da er mir gehoert."

Der Requetenmeister wusste nicht, was er sagen sollte, und blieb unbeweglich, mit weitgeoeffnetem Munde sitzen.

"Herr von Soulanges hat ihn vor sechs Monaten aus meinem Schmuckkasten genommen und dann vorgegeben, dass er ihn verloren habe."

"Sie irren sich, meine Dame," sagte Martial in gereiztem Tone; "denn ich habe den Ring von Frau von Vaudremont."

"Ganz recht!" erwiderte sie laechelnd, "mein Mann hat den Ring entfuehrt, hat ihn ihr gegeben, und sie hat ihn wieder verschenkt. Gewiss, mein Herr, ich wuerde nie gewagt haben, ihn um denselben Preis wiederzuerwerben, um den ihn die Graefin erworben hat, wenn er nicht mir gehoerte…. Aber, sehen Sie hier," fuhr sie dann fort und liess eine kleine Feder aufspringen, die unter dem Steine verborgen war, "hier befinden sich noch die Haare des Herrn von Soulanges."

Sie brach in ein lautes und spoettisches Gelaechter aus und eilte dann mit einer solchen Schnelligkeit in den Garten, dass jeder Versuch, sie wieder einzuholen, ueberfluessig erscheinen musste. Ueberdies war Martial so niedergeschlagen, dass er keine Lust hatte, das Abenteuer fortzusetzen. In der Tat hatte das Lachen der Frau von Soulanges ein Echo in dem Boudoir gefunden, und der junge Geck bemerkte zwischen zwei Orangenbaeumen den Obersten und Frau von Vaudremont, die ebenfalls herzlich lachten.

"Willst Du mein Pferd haben, um dieser boshaften Person nachzusetzen?" fragte der Oberst.

Der Baron stimmte in dies Lachen ein, denn es war offenbar das Kluegste, was er tun konnte. Er erkaufte das vollkommene Schweigen der beiden Zeugen dieses Auftritts durch die Demut, mit der er die Scherze der kuenftigen Gattin des Obersten und des Obersten selbst ertrug, nachdem dieser an dem heutigen Abend sein Kampfross gegen eine junge, reiche und huebsche Frau eingetauscht hatte.

Die Graefin von Soulanges erreichte es mit einiger Muehe, dass ihr Wagen vorfuhr, und kehrte nun, gegen zwei Uhr morgens, nach Hause zurueck. Waehrend sie von der Chaussee d'Antin nach der Vorstadt Saint-Germain fuhr, in der sie wohnte, wurde sie von einer lebhaften Unruhe ergriffen.

Bevor sie das Hotel de Gondreville verliess, hatte sie nochmals die Salons durchsucht, ohne ihre Tante oder ihren Mann anzutreffen, deren Abfahrt ihr unbekannt geblieben war. Schreckliche Ahnungen quaelten ihr edles Herz. Sie hatte die Leiden erkannt, die ihr Mann seit dem Tage fuehlte, an dem ihn Frau von Voudremont an ihren Triumphwagen spannte, und hoffte vertrauensvoll, dass ihr die Reue bald ihren Mann wieder zufuehren wuerde. Mit einem unglaublichen Widerstreben hatte sie daher in den Plan eingewilligt, den ihre Tante, Frau von Marigny, entworfen, und befuerchtete jetzt, einen Fehler begangen zu haben.

Der Besuch des Balles hatte ihr aufrichtiges Herz betruebt. Erst war sie durch das leidende und finstere Aussehen des Grafen von Soulanges erschreckt worden, dann aber noch mehr durch die Schoenheit ihrer Nebenbuhlerin. Zuletzt hatte noch die Verderbnis der Welt ihr Herz beengt. Waehrend sie ueber den Pont-Royal fuhr, warf sie die entweihten Haare, die unter dem Diamant lagen und ihr ehedem als ein Unterpfand reiner Liebe waren dargebracht worden, weg. Sie weinte, indem sie sich der lebhaften Leiden entsann, deren Beute sie seit langer Zeit gewesen, und mehr als einmal seufzte sie, wenn sie daran dachte, dass Frauen, die den ehelichen Frieden erlangen wollen, ohne Klagen im Innersten ihres Herzens Qualen verschliessen mussten, die so grausam waren wie die ihrigen.

"Ach!" dachte sie, "wie moegen es die Frauen haben, die nicht lieben? Worin beruht die Quelle ihrer Gleichgueltigkeit? Ich moechte meiner Tante nicht glauben, dass die Vernunft hinreicht, um sie bei einer solchen Ergebenheit zu erhalten." Sie seufzte nochmals, als ihr Jaeger den eleganten Tritt niederschlug, von dem sie unter das Vordach ihres Hotels sprang. Hastig eilte sie die Treppe hinauf und trat in ihr Zimmer, zuckte aber vor Schrecken zusammen, als sie ihren Mann auf einem Stuhl neben dem Kamin sitzen sah. Er zeigte ihr ein erzuerntes Antlitz. "Seit wann besuchen Sie die Baelle ohne mich, meine Liebe?... Ohne mich davon zu benachrichtigen?..." fragte er mit erregter Stimme. "Wissen Sie, dass eine Frau nie den gebuehrenden Platz findet, wenn sie ohne ihren Mann irgendwo erscheint?... Sie wurden ausserordentlich zurueckgesetzt, indem man Sie in jenen dunklen Winkel draengte!..."

"O mein guter Leon," sagte sie in einem schmeichelnden Ton. "Ich vermochte dem Glueck nicht zu widerstehen, Dich zu sehen, ohne dass Du mich saehest. Meine Tante hat mich auf den Ball gefuehrt und ich war dort sehr gluecklich!"

Diese Worte verbannten ploetzlich aus den Blicken des Grafen die erzwungene Strenge. Es war leicht zu erraten, dass er sich selbst die lebhaftesten Vorwuerfe mache, dass er die Rueckkehr seiner Frau gefuerchtet habe und ueberzeugt sei, sie habe auf dem Balle sich von einer Untreue ueberzeugt, die er ihr hoffte verbergen zu koennen. Er folgte daher dem Gebrauch solcher Liebenden, die ihre Schuld erkennen, und versuchte den gerechten Zorn der Graefin zu vermeiden, indem er sich erzuernt gegen sie stellte. Ueberrascht blickte er nun schweigend seine Gattin an. Sie schien ihm schoener als je, in dem glaenzenden Schmuck, der in diesem Augenblick ihre Reize hob.

Was dagegen die Graefin betraf, so freute sie sich, ihren Mann laecheln zu sehen und ihn zu dieser naechtlichen Stunde in einem Zimmer zu finden, das er seit einiger Zeit weniger haeufig besucht hatte. Sie erroetete und richtete verstohlene Blicke auf ihn, in denen aber ein Reichtum der Liebe und Hoffnung lag. Soulanges wurde umso trunkener durch sein Glueck und seine Liebe, da dieser Auftritt auf die Qualen folgte, die er waehrend des Balles erlitten hatte, und ergriff die Hand seiner Frau, um sie dankbar zu kuessen.

"Hortense, was traegst Du denn an Deinem Finger, das mich so hart an die Lippen drueckt?" fragte er lachend.

"Es ist mein Diamant, den Du verloren zu haben glaubtest. Ich habe ihn heute Abend in einem Schubfach meiner Toilette wiedergefunden."

Der Graf bewunderte eine so grosse Nachsicht, und am folgenden Morgen konnte Frau von Soulanges unter den wiedergefundenen Diamanten neue Haare legen, die nicht wieder weggeworfen wurden, wie die frueheren.

DER ARM

In einer Gesellschaft erzaehlte einer der Anwesenden folgende Geschichte:

Einige Zeit nach seinem Einzug in Madrid lud der Grossherzog von Berg die vornehmsten Familien dieser Stadt zu einem Balle ein, den die franzoesische Armee der neuerworbenen Hauptstadt gab. Ungeachtet des Galaglanzes waren die Spanier sehr ernst, ihre Frauen tanzten wenig, und der groesste Teil der Geladenen setzte sich an die Spieltische. Die Gaerten des Palastes waren glaenzend genug erleuchtet, dass sich die Damen mit derselben Sicherheit in ihnen ergehen konnten, als waere es heller Tag gewesen. Das Fest war kaiserlich schoen. Nichts wurde aber auch gespart, um den Spaniern einen hohen Begriff von dem Kaiser zu geben, wenn es ihnen beliebte, von seinen Offizieren auf ihn zu urteilen. In einem Boskett nahe dem Palaste unterhielten sich zwischen ein und zwei Uhr morgens mehrere franzoesische Krieger von den Wechselfaellen des Krieges und von der Zukunft, die wenig erbaulich sein konnte, wenn man aus der Haltung der bei diesem Feste anwesenden Spanier einen Schluss ziehen durfte.

"Meiner Treu," sagte der Ober-Chirurg des Armeekorps, bei dem ich Generalzahlmeister war, "gestern habe ich den Fuersten Murat foermlich um meine Zurueckberufung gebeten. Ohne gerade zu fuerchten, dass ich meine Gebeine auf der Halbinsel zurvecklassen muesse, ziehe ich es doch vor, die Wunden zu verbinden, die unsere guten deutschen Nachbarn geschlagen haben; ihre Saebel dringen nicht so tief in den Leib, wie die kastilianischen Dolche. Dazu kommt noch, dass die Furcht vor Spanien bei mir gleichsam zu einem Aberglauben geworden ist. Seit meiner Kindheit habe ich spanische Buecher gelesen, einen Haufen duesterer Nachtgeschichten und tausend Erzaehlungen von diesem Lande, die mich lebhaft gegen seine Sitten eingenommen haben. Und was meint Ihr wohl! Schon in der kurzen Zeit unseres Hierseins bin ich, wenn nicht der Held, doch wenigstens der Mitschuldige einer gefaehrlichen Intrige geworden, die so schwarz und finster ist, wie nur ein Roman der Lady Redcliffe sein kann. Ich folge gern meinen Vorgefuehlen, und schon morgen mache ich mich aus dem Staube. Murat wird mir gewiss meinen Abschied nicht verweigern, denn Dank den Diensten, die wir leisten, haben wir immer wirksame Fuersprecher."

"Da Du Dich sobald davon machst, erzaehle uns doch Dein Abenteuer," forderte ihn ein Obrist auf, ein alter Republikaner, der sich um die schoene Sprache und Hoeflichkeiten der Kaiserzeit wenig kuemmerte.

Der Chirurg blickte sorgfaeltig um sich, als wolle er jeden pruefen, der in seiner Naehe staende, und erst, als er sicher war, kein Spanier sei in seiner Nachbarschaft, begann er: "Gern, Obrist Hulot, denn wir sind hier nur Franzosen. Es sind nun sechs Tage her, dass ich gegen elf Uhr abends vom General Montcornet kam und mich nach meiner Wohnung zurueckbegab, die nur wenige Schritte von der Wohnung des Generals entfernt ist. Da warfen sich ploetzlich an der Ecke einer kleinen Strasse zwei Unbekannte oder vielmehr zwei Teufel ueber mich her und huellten mir Kopf und Arme mit einem grossen Mantel ein. Ihr koennt es mir glauben, dass ich schrie wie ein getretener Hund; aber das Tuch erstickte meine Stimme, und ich wurde mit einer ausserordentlichen Gewandtheit in einen Wagen gehoben. Als mich meine Gefaehrten von dem Mantel wieder befreiten, richtete eine weibliche Stimme folgende Worte in schlechtem Franzoesisch an mich:

'Wenn Ihr um Hilfe ruft oder Miene macht, zu entfliehen, wenn Ihr Euch nur die geringste zweideutige Bewegung erlaubt, so ist der Herr, der Euch gegenuebersitzt, imstande, Euch ohne Bedenken niederzustossen. Haltet Euch also ruhig. Die Ursache Eurer Entfuehrung sollt Ihr jetzt erfahren. Wollt Ihr Euch die Muehe geben, Eure Haende gegen mich auszustrekken, so werdet Ihr finden, dass Eure chirurgischen Instrumente zwischen uns beiden liegen, denn wir haben sie aus Eurer Wohnung holen lassen; sie werden Euch notwendig sein, denn wir fuehren Euch in ein Haus, wo Ihr die Ehre einer Dame retten sollt, die eben im Begriff ist, ein Kind zu gebaeren, das sie, ohne dass ihr Gemahl es weiss, diesem Euch gegenuebersitzenden Edelmanne schenkt. Obgleich mein Herr seine Frau selten verlaesst, da er noch immer leidenschaftlich in sie verliebt ist und sie mit der Aufmerksamkeit spanischer Eifersucht bewacht, so hat sie ihm dennoch ihre Schwangerschaft zu verbergen gewusst, und er haelt sie fuer krank. Ihr sollt sie jetzt entbinden. Die Gefahren des Unternehmens gehen Euch nichts an, nur habt Ihr uns zu gehorchen, sonst wuerde der Geliebte, der, wie schon bemerkt, Euch gegenueber im Wagen sitzt und kein Wort Franzoesisch versteht, Euch bei der geringsten Unbedachtsamkeit erdolchen.'

'Und wer seid Ihr?' fragte ich, und suchte die Hand der Sprecherin, deren Arm in den Aermel eines Mantels gehuellt war.

'Ich bin die Kammerfrau meiner Herrin, ihre Vertraute, und bereit, Euch durch mich selbst zu belohnen, wenn Ihr uns in unserer misslichen Lage unterstuetzen wollt.'

'Gern,' antwortete ich, als ich mich mit Gewalt in ein gefaehrliches Abenteuer hineingezogen sah. Unter dem Schutze der Dunkelheit ueberzeugte ich mich, ob Gesicht und Umrisse dieses Maedchens im Einklange staenden mit der Vorstellung, die ihre Stimme bei mir gebildet hatte. Dieses gute Geschoepf hatte sich ohne Zweifel gleich im voraus allen Zufaelligkeiten dieser sonderbaren Entfuehrung geopfert, denn sie beobachtete das gefaelligste Schweigen, und der Wagen war kaum zehn Minuten durch die Strassen von Madrid gerollt, als sie schon einen Kuss von mir erhielt und mir denselben freundlich wiedergab. Der Liebhaber, der mir gegenueber sass, schien sich nichts daraus zu machen, dass ich ihn gegen meinen Willen mit einigen Fusstritten bedachte. Ich glaube, er beachtete sie nicht, weil er kein Franzoesisch verstand.

'Nur unter einer Bedingung kann ich Eure Geliebte sein,' antwortete mir die Kammerfrau auf die Dummheiten, mit denen ich sie in der Hitze meiner improvisierten und auf Hindernisse aller Art stossenden Leidenschaft unterhielt.

'Und welches ist die Bedingung?'

'Ihr duerft nie zu erfahren suchen, wem ich angehoere. Wenn ich zu Euch komme, so wird das Nachts geschehen, und Ihr werdet mich ohne Licht empfangen.'

'Gut,' erwiderte ich.

Unsere Unterhaltung war bis zu diesem Punkt gediehen, als der Wagen an der Mauer eines Gartens hielt.

'Jetzt werde ich Euch die Augen verbinden,' sagte die Kammerfrau zu mir, 'und dann stuetzt Euch auf meinen Arm, damit ich Euch fuehren kann.'

Sie schlang ein Taschentuch um meine Augen und band es fest an meinem Hinterhaupte zu. Ich hoerte das Geraeusch eines Schluessels, der mit Vorsicht von dem schweigenden Geliebten, der mir gegenueber gesessen hatte, in das Schloss einer kleinen Pforte gesteckt wurde. Gleich darauf fuehrte mich die Kammerfrau mit gebeugtem Koerper durch die sandigen Gaenge eines grossen Gartens, bis zu einem gewissen Platz, wo sie stehen blieb. An dem Widerhall unserer Schritte bemerkte ich, dass wir vor einem Hause standen.

'Jetzt still,' sagte sie mir ins Ohr, 'und wacht wohl ueber Euch selbst. Lasst kein einziges meiner Zeichen Euch entgehen; ich kann ohne Gefahr fuer uns beide nicht mehr zu Euch sprechen, und es handelt sich in diesem Augenblicke darum, Euer eigenes Leben zu retten.' Dann fuhr sie mit lauter Stimme fort: 'Meine Frau ist in einem Zimmer im Erdgeschoss; um in dieses zu gelangen, muessen wir durch das Zimmer ihres Gatten und an seinem Bette vorueber; hustet nicht, geht leise und folgt genau meinen Schritten, damit Ihr nirgends anstosst, noch mit dem Fusse von dem Teppich tretet, den ich auf den Boden gelegt habe.' Der Liebhaber murrte, wie ein Mann, der unwillig ueber zu langes Zoegern ist. Die Kammerfrau schwieg, ich hoerte eine Tuer oeffnen und fuehlte die warme Luft eines Zimmers; wir schlichen mit Wolfsschritten, wie Diebe bei einem Einbruch. Endlich nahm mir die sanfte Hand des Maedchens meine Binde ab. Ich befand mich in einem grossen und hohen Zimmer, das von einer dampfenden Lampe schlecht erleuchtet wurde. Das Fenster war offen, aber durch den eifersuechtigen Edelmann mit starken Eisenstaeben versehen. Ich stak in diesem Zimmer wie in einem Sacke. Auf der Erde, auf einer Decke, lag eine Frau, deren Haupt mit einem Schleier von Musselin bedeckt war; aber durch diesen Schleier leuchteten mit dem Glanze zweier Sterne ihre traenenvollen Augen, vor den Mund drueckte sie mit Kraft ein Taschentuch und biss so fest darauf, dass ihre Zaehne hineindrangen; nie hatte ich einen so schoenen Koerper gesehen, aber dieser Koerper kruemmte sich unter den Schmerzen, wie eine ins Feuer geworfene Harfensaite. Die Ungluecklliche hatte zwei Bogen aus ihren Beinen gemacht und stuetzte sich gegen eine Art Kommode, mit ihren Haenden hielt sie sich an zwei Stuhlbeinen, und alle Adern ihrer Arme waren schrecklich angeschwollen. So glich sie einem Verbrecher, der auf einer Folterbank gemartert wird. Uebrigens liess sie keinen Schrei hoeren, und das dumpfe Krachen ihrer Knochen war das einzige Geraeusch, das die Stille unterbrach. Wir drei standen stumm und unbeweglich. Das Schnarchen des Ehemannes verhallte in troestender Regelmaessigkeit. Ich wollte die Kammerfrau anblicken, aber sie hatte die Maske wieder vorgelegt, die sie ohne Zweifel auf dem Wege abgenommen gehabt hatte, und sah weiter nichts als zwei schwarze Augen und liebliche Umrisse. Der Liebhaber warf sogleich Tuecher ueber die Beine seiner Geliebten und legte den Schleier, der ihre Zuege verhuellte, doppelt zusammen. Als ich die Frau sorgfaeltig beobachtet hatte, erkannte ich an gewissen Zeichen, die ich erst unlaengst bei einem der traurigsten Ereignisse meines Lebens bemerkt hatte, dass das Kind tot war. Ich neigte mich gegen die Kammerfrau, um ihr meine Bemerkung mitzuteilen. In diesem Augenblick zog der misstrauische Unbekannte seinen Dolch, allein ich hatte noch Zeit, der Kammerfrau alles zu sagen, die ihm darauf zwei Worte mit leiser Stimme zufluesterte. Als der Liebhaber die Ursache meines Zauderns erkannt hatte, durchfuhr ihn ein leichter Schauder von den Fuessen bis zum Kopfe, und ich glaubte durch die Maske von schwarzem Sammt hindurch zu erkennen, wie sein Antlitz bleich wurde. Die Kammerfrau benutzte einen Augenblick, wo der verzweifelte Mann die schon blau werdende Sterbende betrachtete, um mich mit einem warnenden Zeichen auf mehrere Glaeser Limonade aufmerksam zu machen, die fertig zubereitet auf einem Tische standen. Ich begriff, dass ich, ungeachtet der schrecklichen Hitze, die meine Kehle austrocknete, nicht trinken duerfte. Der Liebhaber hatte Durst; er nahm ein leeres Glas, fuellte es mit Limonade und trank. In diesem Augenblick bekam die Dame schreckliche Kraempfe, die mir den guenstigen Augenblick zur Operation andeuteten; ich ergriff meine Lanzette und liess sie schnell und mit Geschick am rechten Arm zur Ader. Die Kammerfrau fing das reichlich hervorspringende Blut mit Tuechern auf, und die Unbekannte fiel dann in eine willkommene Ohnmacht. Ich waffnete mich mit Mut und konnte, nachdem ich eine Stunde gearbeitet hatte, das Kind in Stuecken herausziehen. Als der Spanier begriff, dass ich seine Geliebte gerettet hatte, dachte er nicht mehr daran, mich zu vergiften. Dicke Traenen fielen in Zwischenraeumen auf seinen Mantel. Die Frau stiess nicht einen Laut aus, aber sie zitterte wie ein wildes Tier, das in einer Schlinge gefangen ist, und der Schweiss rann in starken Tropfen von ihr. In einem furchtbar kritischen Augenblicke machte sie ein Zeichen, um uns auf das Zimmer ihres Gatten aufmerksam zu machen. Dieser hatte sich eben in seinem Bette gewaelzt. Von uns vieren hatte sie allein das Geraeusch der Decke oder des Vorhangs gehoert. Wir lauschten, und durch die Oeffnungen ihrer

Masken hindurch warfen sich die Kammerfrau und der Liebhaber Flammenblicke zu, die zu fragen schienen: 'Sollen wir ihn toeten?' Dann streckte ich meine Hand aus, als wollte ich ein Glas der Limonade nehmen, die der Unbekannte vergiftet hatte. Der Spanier glaubte, dass ich eins der vollen Glaeser trinken wollte; leicht wie eine Katze sprang er hinzu, legte seinen langen Dolch ueber die beiden vergifteten Glaeser und liess mir das seinige, indem er mir andeutete, den Rest aus demselben zu trinken. In diesem Zeichen und in seiner lebhaften Bewegung lagen so viele Gedanken, so viel Gefuehl, dass ich ihm verzieh, wenn er auf meinen Tod gesonnen hat, um so jede Erinnerung an dieses Ereignis zu begraben. Als ich getrunken hatte, drueckte er mir die Hand und huellte selbst die Truemmer seines Kindes sorgfaeltig ein. Nach zwei Stunden voll Sorge und Furcht brachten wir, die Kammerfrau und ich, die Unbekannte wieder in ihr Bett. Der Liebhaber hatte bei einer so abenteuerlichen Unternehmung alle Hilfsmittel zu einer Flucht bedacht und seine Diamanten daher auf ein Papier gelegt; jetzt steckte er sie, ohne dass ich es wusste, in meine Tasche. Nebenbei muss ich bemerken, dass ich das wertvolle Geschenk des Spaniers garnicht kannte und mein Bedienter am folgenden Tage den Schatz raubte, um mit diesem grossen Vermoegen zu entfliehen. Ich sprach mit der Kammerfrau noch ueber die Vorsichtsmassregeln, die sie zu treffen haette, und wollte gehen. Die Kammerfrau blieb bei ihrer Herrin, allerdings ein Umstand, der mich nicht sehr ermutigte; ich beschloss indes auf meiner Hut zu sein. Der Liebhaber packte das tote Kind und die Waesche, mit der die Kammerfrau das Blut ihrer Herrin aufgefangen hatte, in ein Buendel zusammen. Er band es fest zusammen, nahm es unter seinen Mantel, fuhr mit der Hand ueber meine Augen, als wollte er mir sagen, dass ich sie schliessen sollte, und ging dann voraus, mich durch ein Zeichen auffordernd, den Zipfel seines Rockes zu ergreifen; ich gehorchte ihm, warf aber noch einen letzten Blick auf meine so zufaellig erlangte Geliebte. Die Kammerfrau riss ihre Maske ab, als sie den Spanier draussen sah, und zeigte mir das lieblichste Gesicht von der Welt. Als ich mich wieder im Garten befand und die freie Luft einatmete, da, ich gestehe es, war mir, als fiele ein ungeheures Gewicht von meiner Brust. Ich ging in achtungsvoller Entfernung hinter meinem Fuehrer her und beobachtete die geringste seiner Bewegungen mit der groessten Aufmerksamkeit. Als wir an der kleinen Pforte wieder angekommen waren, fasste er meine Hand und drueckte mir das Petschaft eines Ringes, den ich an einem Finger seiner linken Hand gesehen hatte, auf den Mund, ich aber gab ihm zu verstehen, dass ich dieses beredte Zeichen begriffe. Auf der Strasse warteten unsere zwei Pferde; jeder von uns bestieg eins; mein Spanier bemaechtigte sich meines Zuegels, und nahm den seinigen zwischen die Zaehne, denn in seiner Rechten hatte er das blutige Paket. Mit der Schnelligkeit des Blitzes ritten wir davon. Es war mir unmoeglich, auch nur den geringsten Gegenstand zu merken, an dem ich spaeter den Weg wieder haette erkennen koennen, den wir gekommen waren. Mit Tagesanbruch befand ich mich vor meiner Tuer und der Spanier entfloh nach dem Tore von Atocha hin."

"Und Du konntest gar nichts entdecken, woran man spaeter jene Frau haette wiedererkennen koennen?" fragte der Obrist den Chirurgen.

"Nur ein einziges Mal," antwortete dieser.

"Als ich die Unbekannte zur Ader liess, bemerkte ich an ihrem Arm, ein wenig ueber der Mitte desselben, ein kleines Mal, etwa wie eine Linse gross und von braunen Haaren umgeben."

In diesem Augenblicke erbleichte der Chirurg, der die gelobte Verschwiegenheit verletzt hatte; aller Augen hefteten sich auf die seinigen und folgten dann der Richtung seines Blickes. Die Franzosen sahen einen Spanier, der in einen Mantel gehuellt war, und dessen Augen durch ein Gebuesch von Orangen blitzten. Kaum hatten indes die Offiziere ihre Blicke auf diesen Mann gerichtet, als er mit der Leichtigkeit einer Sylphe entfloh. Ein Hauptmann verfolgte ihn schnell. "Teufel, meine Freunde!" rief der Chirurg aus, "dieses Basiliskenauge hat mich zu Eis erstarrt. Ist es mir doch, als hoerte ich Totenglocken laeuten! Empfangt mein Lebewohl, Ihr werdet mich hier begraben!"

"Bist Du dumm," meinte der Obrist Hulot. "Falcon verfolgt den Spanier und wird uns schon Rechenschaft zu geben wissen."

"Da kommt er!" riefen die Offiziere aus, als sie den Hauptmann atemlos zurueckkehren sahen.

"Zum Teufel!" versetzte Falcon, "der ist, glaube ich, ueber die Mauer gesprungen. Ein Hexenmeister kann er nicht sein, also muss er hier ins Haus gehoeren! Der kennt hier alle Wege und Schliche, deswegen ist er mir so leicht entgangen."

"Ich bin verloren!" versetzte der Chirurg mit trueber Stimme.

"Beruhige Dich," antwortete ich, "wir werden der Reihe nach bis zu Deiner Abreise bei Dir wachen. Heute Abend begleiten wir Dich!"

In der Tat fuehrten drei junge Offiziere, die ihr Geld beim Spiel verloren hatten, den Chirurg in seine Wohnung zurueck, und einer von ihnen erbot sich, bei ihm zu bleiben. Am zweiten Tage darauf hatte der Chirurg seine Versetzung zu einem in Frankreich stehenden Heere erlangt und traf alle Vorbereitungen, um in Gesellschaft einer Dame abzureisen, die von Murat eine starke Bedeckung erhielt. Zuletzt speiste er noch einmal in Gesellschaft seiner Freunde, als ihn sein Bedienter benachrichtigte, dass eine junge Dame mit ihm sprechen wolle. Der Chirurg ging sogleich mit drei Offizieren hinaus, da er irgend eine Falle befuerchtete, und die Unbekannte konnte ihrem Geliebten nur noch zurufen: "Nimm Dich in acht!" und stuerzte tot nieder. Es war die Kammerfrau, die, als sie sich vergiftet fuehlte, noch zur rechten Zeit anzukommen gehofft hatte, um den Chirurg zu warnen.

"Teufel, Teufel!" rief der Hauptmann Falcon aus, "das heisst lieben. Aber auch nur eine Spanierin kann noch zu ihrem Geliebten laufen, wenn ihr der Tod schon auf der Zunge sitzt."

Der Chirurg versank in tiefes Nachdenken. Um die unheilvollen Vorgefuehle, die ihn quaelten, zu ersticken, setzte er sich wieder an den Tisch und trank unmaessig, wie auch seine Gaeste taten. Als alle halb berauscht waren, begaben sie sich fruehzeitig zur Ruhe. Mitten in der Nacht wurde der Chirurg durch ein schrillendes Geraeusch erweckt, das von den Ringen seiner Bettvorhaenge herruehrte, die heftig an den Staeben zurueckgerissen wurden. Er richtete sich von seinem Lager auf und war eine Beute jenes mechanischen Zitterns, das uns bei einem solchen Erwachen zu ergreifen pflegt. Da sah er vor sich einen Spanier, der in einen Mantel gehuellt war und ihm denselben Flammenblick zuwarf, der am Abend des Balles durch das Orangengebuesch geleuchtet hatte. Der Chirurg schrie auf: "Zu Hilfe, zu Hilfe! Zu mir, meine Freunde!" Der Spanier antwortete auf dieses Angstgeschrei nur mit einem bittern Laecheln.

"Das Opium waechst fuer jedermann!" versetzte er dann. Als er diese Worte gesagt hatte, zeigte er auf die drei in festem Schlaf liegenden Freunde und zog dann unter seinem Mantel einen frisch abgeschnittenen Frauenarm hervor, den er mit einer lebhaften Bewegung dem Chirurg zeigte, um ihn auf ein Mal aufmerksam zu machen, welches jenem aehnlich war, das dieser so unklugerweise beschrieben hatte.

"Ist es derselbe?" fragte er.

Beim Scheine einer Laterne, die neben das Bett gestellt war, erkannte der Chirurg den Arm wieder und antwortete durch sein Staunen. Ohne weitere Eroerterungen senkte der Gatte der Unbekannten seinen Dolch in das Herz des Chirurgen."

"Ihre Erzaehlung ist furchtbar schwer zu glauben," sagte ein Zuhoerer zu dem Erzaehler. "Koennen Sie mir wohl erklaeren, wer sie Ihnen erzaehlt hat, ob der Tote oder der Spanier?"

"Mein Herr," antwortete der Erzaehler, "ich habe den armen Mann gepflegt, da er erst fuenf Tage spaeter unter schrecklichen Leiden starb. Zur Zeit des Feldzuges, der unternommen wurde, um Ferdinand VII. wieder einzusetzen, wurde ich zu einem Posten in Spanien ernannt, kam aber gluecklicherweise nicht weiter, als nach Tours, denn man machte mir Hoffnung auf die Einnehmerstelle von Sancerre. Am Abend vor meiner Abreise war ich auf einem Ball bei Frau von Listomere, wo sich auch mehrere angesehene Spanier eingefunden hatten. Als ich den Spieltisch verliess, bemerkte ich einen spanischen Grande, einen Afrancesado im Exil, der seit fuenfzehn Tagen in der Touraine angekommen war. Erst sehr spaet war er zu diesem Ball gekommen. Er erschien zum ersten Male vor Leuten und besuchte die Salons in Begleitung seiner Frau, deren Arm durchaus unbeweglich war. Wir wichen schweigend auseinander, um dieses Paar hindurchgehen zu lassen, das wir nicht ohne tiefe Bewegung sahen. Denkt Euch, ein lebendiges Gemaelde von Murillo. Unter gewoelbten und schwarzen Brauen zeigte der Mann ein starres Flammenauge; sein Antlitz war eingefallen, und sein kahler Scheitel zeigte gluehende Tinten; sein Koerper war so leidend, dass man ihn nur mit Beben ansehen konnte. Und diese Frau! Man kann sie sich gar nicht vorstellen, ohne sie gesehen zu haben. Sie hatte jenen bewunderungswuerdigen Wuchs, fuer den die spanische Sprache ein besonderes Wort geschaffen hat; obgleich bleich, war sie noch immer schoen; ihre Gesichtsfarbe war blendend, infolge eines fuer eine Spanierin sonst unerhoerten Privilegiums; aber aus ihren Blicken strahlte die ganze Sonne Spaniens, und sie trafen den, der sie ansah, wie geschmolzenes Blei.

"Meine Dame," fragte ich die Dame gegen Ende der Soiree, "durch welchen Zufall haben Sie Ihren Arm verloren?"

"Im Unabhaengigkeitskriege," antwortete sie mir.